Himbeeren mit Sahne im Ritz in der Presse:

»Zu lange ist sie nur als Frau von F. Scott Fitzgerald betrachtet worden. Wie ungerecht das war, zeigen diese Erzählungen.« *SPIEGEL Online*

»Rasante Erzählungen, in deren Zentrum ehrgeizige, begabte Heldinnen stehen, die für ihre Selbstinszenierung einen hohen Preis bezahlen.« *Deutschlandradio Kultur, Lesart*

»Alle Achtung.« *Frankfurter Allgemeine Zeitung*

»Elf großartige Storys, stilsicher, aus äußerste verdichtet, in ihrer lässigen Souveränität ebenso verblüffend wie in ihrer farbigen Metaphorik. Das Schönste sind die Stimmungsbilder und Frauenporträts.« *Welt der Frau (A)*

»Ein hinreißendes und tragisches Buch, zart und brutal, so widersprüchlich wie die Zeit, in der die Geschichten entstanden. Das Zeugnis einer klugen, hochtalentierten Autorin.« *SWR 2 Forum Buch*

»Verblüffend modern, in einem bestechenden, eigenwilligen Stil. Allein über die Sprache stellt sich ein Zauber her, auf den man nicht verzichten sollte. Jedenfalls nicht freiwillig.« *WDR 5 Scala*

Zelda Fitzgerald

HIMBEEREN MIT SAHNE IM RITZ

Erzählungen

Aus dem amerikanischen Englisch
übersetzt von Eva Bonné

Nachwort von Felicitas von Lovenberg

 PENGUIN VERLAG

Die amerikanische Originalausgabe erschien 1997
unter dem Titel »The Collected Writings of Zelda Fitzgerald«
bei The University of Alabama Press, Tuscaloosa

Der Verlag weist ausdrücklich darauf hin, dass im Text
enthaltene externe Links vom Verlag nur bis zum Zeitpunkt
der Buchveröffentlichung eingesehen werden konnten. Auf
spätere Veränderungen hat der Verlag keinerlei Einfluss.
Eine Haftung des Verlags ist daher ausgeschlossen.

Verlagsgruppe Random House FSC® N001967

PENGUIN und das Penguin Logo sind Markenzeichen
von Penguin Books Limited und werden
hier unter Lizenz benutzt.

1. Auflage 2019
Copyright © 1991 by the Trustees under the agreement dated July 3,
1975, created by Francis Scott Fitzgerald Smith
Copyright © der deutschsprachigen Ausgabe 2016 by
Manesse Verlag, Zürich,
in der Verlagsgruppe Random House GmbH,
Neumarkter Straße 28, 81673 München
Umschlag: www.buerosued.de nach einem Entwurf
von Cornelia Niere, München
Umschlagmotiv: Getty Images/Alfred Eisenstaedt
Satz: Greiner & Reichel GmbH, Köln
Druck und Bindung: GGP Media GmbH, Pößneck
Printed in Germany
ISBN 978-3-328-10329-5
www.penguin-verlag.de

Dieses Buch ist auch als E-Book erhältlich.

UNSERE LEINWANDKÖNIGIN

Unbekümmert strömte der Mississippi durch die Kiefernwälder und verschlafenen Dörfer Minnesotas auf New Heidelberg zu, wild entschlossen, die dort ansässigen Ladys und Gentlemen von ihren Waschfrauen, Schlachtern und Müllmännern zu trennen, die klamm und stillos am gegenüberliegenden Ufer hausten. Auf der höher gelegenen, vornehmen Seite erstreckte sich eine von sorgfältig gestutzten Bäumen gesäumte Chaussee bis ans Wasser, wo der Fluss diesen Teil der Stadt mit mehreren geschickten Schwüngen sauber begrenzte.

Auf der niederen Seite ragten Kalkfelsen schroff in den Himmel, die Leute züchteten Pilze und brannten Stümperwhiskey, und auf den Kopfsteinpflasterstraßen sammelte sich das Regenwasser zwanglos in trüben, langlebigen Pfützen. Hier befand sich auch das Leichenschauhaus mit seinen schmalen, vergitterten Fenstern, daneben zogen sich Reihen von düsteren, eintönigen Backsteinhäusern hin, die scheinbar niemand je betrat oder verließ. Weiter landeinwärts gab es einen Rangierbahnhof und Viehhöfe und das Haus (markieren Sie es in Gedanken mit einem X), in dem Gracie Axelrod lebte – Gracie, die ein knappes Jahr zuvor in der Lokalpresse als «Unsere Leinwandkönigin» gefeiert worden war. Dies ist die Geschichte ihrer Filmkarriere, und die Geschichte eines Films, der bei allen, die sich an ihn erinnern können, bis heute für Heiterkeitsausbrüche sorgt und der doch nie wieder gezeigt werden wird, in keinem Kino der Welt.

Gracies Nachbarn waren fette Italiener, freudlose Polen und Schweden, die sich aufführten, als hätten sie sich eingehend mit der nordischen Rassenlehre beschäftigt. Ob Gracies Vater Schwede war, blieb unklar. Die Sprache beherrschte er jedenfalls nicht, und seine jämmerliche Erscheinung ließ sich gerechterweise keiner bestimmten Nationalität zuschlagen. Er war der alleinige Besitzer einer baufälligen Bude, in der die Leute täglich zwischen zehn Uhr abends und acht Uhr morgens heißes Brathuhn mit kaltem Bier hinunterspülen konnten. Das Huhn war zweifelhafter Herkunft, doch Gracie wusste es so kunstfertig zu braten, dass niemand sich je beschwert hatte.

Sieben Monate im Jahr lag New Heidelberg unter einer Decke aus rußigem Schnee begraben, Temperaturen um den Gefrierpunkt empfanden die Menschen als Atempause von der wahren Kälte. Sie waren froh, abends direkt nach Hause gehen zu können, und es gab kaum einen Anreiz, sich im Freien aufzuhalten. Im besten Hotel der Stadt wurden jedoch Winterbälle veranstaltet, selbst Gracie hatte schon von den ausgelassenen Feierlichkeiten auf der höher gelegenen Uferseite gehört. Und sie begegnete den Leuten von drüben, wenn die im Morgengrauen in ihren Limousinen anrollten und johlend die Bude stürmten, als gehörte dazu besonderer Wagemut.

Gracie war hübsch, für ein Mädchen von zwanzig Jahren allerdings ein wenig zu füllig. Ihr flachsblondes Haar hätte herrlich glatt und glänzend sein können, geradezu schön, wenn sie es nicht aufgedreht und über den Ohren festgesteckt hätte, bis ihr Kopf vollkommen deformiert aussah. Ihre blasse Haut schimmerte, ihre großen blauen Augen traten leicht hervor. Ihre Zähne waren klein und sehr weiß. Sie wirkte so warm und feucht wie aus heißem Milchschaum geboren – was sich nicht ausschließen ließ, immerhin hatte niemand je ihre Mutter gesehen. Sie bewegte sich so sinnlich wie die Diva einer Burlesque-Show, jedenfalls in ihren eigenen Augen; hätte Mr. Ziegfeld[1] (von dem Gracie nie gehört hatte) sie telegrafisch in seine Revue eingeladen, sie wäre nur wenig überrascht gewesen. Im Stillen erwartete sie Großes vom Leben, und zweifellos war das einer der Gründe, warum das Leben ihr Großes gewährte.

Auf Gracies Seite des Flusses wurde der Heiligabend mit ungefähr so viel Aufhebens gefeiert wie das hundertjährige Gründungsjubiläum von Danteville. Nur am höher gelegenen Ufer, wo der Schnee rechts und links der eleganten Allee lag wie frisch von einem riesigen Wattebausch gezupft, stellte jeder, der etwas auf sich hielt, einen mit Glühbirnen dekorierten Weihnachtsbaum vor sein Haus. Der Anblick war prächtig, und Gracie und ihr Vater gingen drüben jedes Jahr ein wenig in der eisigen Kälte spazieren. Sie verglichen jeden Baum mit dem davor und betrachteten all jene, an deren Spitze der schmückende Stern fehlte, mit Mitleid und Verachtung.

An diesem Abend hatte Gracie, soweit sie sich erinnern konnte, den Spaziergang zum fünften Mal unternommen; und während sie nach dem Ausflug in der Küche hantierte und fettige, duftende Rauchschwaden durch die Bude zogen, diskutierte sie das Thema gründlich mit ihrem vage sichtbaren Vater.

«Im Ernst», beschwerte sie sich, «wenn die Leute nicht bald bessere Bäume aufstellen, können sie wohl kaum erwarten, dass man ihretwegen draußen in der Kälte rumläuft. Die Häuser sahen alle aus, als wär da drin gerade jemand gestorben – alle, bis auf eins.»

Sie meinte die große, weiße Villa mit den steinernen Tierköpfen und griechischen Friesen, vor deren Eingangsgewölbe ein riesiges Leuchtschild gehangen und allen Vorbeikommenden eine fröhliche Weihnacht gewünscht hatte.

«Wer wohnt da, Daddy?», fragte sie plötzlich.

«Der Kerl, dem das ‹Blue Ribbon› gehört», erklärte Mr. Axelrod. «Wahrscheinlich hat er eine Menge Geld.»

«Wer sagt das?», fragte Gracie.

«Ach, das hat mir mal einer erzählt», antwortete ihr Vater vage. Er saß an die Rückseite des Ofens gelehnt, und eine Hutkrempe verschattete seine Augen, während er die Abendzeitung las. In diesem Moment lag eine ganzseitige Anzeige auf seinen Knien: Das «Blue Ribbon»-Kaufhaus wünschte allen Kunden ein gutes neues Jahr und lud zum großen Küchengeräteschlussverkauf gleich nach den Feiertagen ein.

Mr. Axelrod las seiner Tochter alle Überschriften vor, denn beide hörten die Stimme des anderen gern;

8

und weil Gracie zu sehr mit Braten und ihr Vater zu sehr mit Vorlesen beschäftigt war, um auf den Inhalt zu achten, bestand das Arrangement zur beiderseitigen Zufriedenheit. Mr. Axelrod genügte das Vorlesen an sich; er wäre auch mit einer chinesischen Zeitung glücklich gewesen, hätten die fremden Schriftzeichen dasselbe vertraute, tröstliche Gefühl ausgelöst.

«Und was für ein Prachtkerl er ist», sagte Gracie nach einer Weile. «Immer, wenn ich dort bin, sehe ich ihn im Kaufhaus auf und ab marschieren. So einen würde ich glatt heiraten, das kannst du mir glauben. Dann könnte man einfach hingehen und sagen, geben Sie mir dies und geben Sie mir das, und man müsste nichts dafür bezahlen.»

Anscheinend war das ein sehr origineller Gedanke, denn Mr. Axelrod hob den Kopf und betrachtete Gracie wohlwollend.

Die Wartezeit zwischen den Essensvorbereitungen und dem Eintreffen des ersten Gastes vertrieben sie sich mit Mutmaßungen über die vielen Vorteile, die es hätte, mit einem Kaufhausbesitzer verheiratet zu sein. Kein Wunder, dass Gracie so fassungslos dreinschaute wie jemand, der soeben ein Schaufenster zerbrochen hat, als Mr. Blue Ribbon persönlich die Bude betrat und in lautem, herablassendem Tonfall nach Hühnchenfleisch verlangte, und zwar nur nach weißem.

Ich sage, der ehrwürdige Gentleman habe die Bude betreten, was vielleicht untertrieben ist, denn genau genommen torkelte er herein. Gracie erkannte sofort den

Herrn, der sonst zwischen den prächtigen Gängen des «Blue Ribbon» auf und ab marschierte.

Er war ein geschäftiger kleiner Herr, dem die Ansammlung von Körperfett an bestimmten Stellen eine gewisse Ähnlichkeit mit einem Stehaufmännchen verlieh. An diesem Abend verstärkte sich der Eindruck noch, denn er schwankte in keine bestimmte Richtung; es war, als würde er, wenn man nur die Gewichte aus seinem runden Bauch entfernte, vornüberkippen und ohne fremde Hilfe nicht mehr auf die Beine kommen. Er hatte einen kleinen Schädel, einen breiten Kiefer und zwei übermenschlich große Ohren – ein Clown mit Schweinskopf. Aber er war leutselig, und an diesem Abend war er überzeugt, kein Clown zu sein, sondern eine Persönlichkeit von höchstem Ansehen.

Er verkündete, er habe etwas zu feiern, und dann erkundigte er sich beiläufig, ob es möglich sei, dass Gracie und ihr Vater ihn nicht erkannten.

«Na, doch», sagte Gracie, «Sie sind der Besitzer vom ‹Blue Ribbon›. Ich sehe Sie jedes Mal, wenn ich dort bin.»

Der Satz wäre an subtilem Takt nicht zu überbieten gewesen, hätte Gracie ihn in Kenntnis der Tatsachen ausgesprochen. Denn Mr. Albert Pomeroy war keineswegs der Besitzer des größten und besten Kaufhauses der Stadt. Er bestimmte höchstens von acht Uhr morgens bis sechs am Abend über die Abteilungen, für die er verantwortlich war: Kurzwaren, Parfüms, Strumpfwaren, Handschuhe, Schirme, Kleiderstoffe und Herrenoberbekleidung. Gracie hatte nicht nur seiner Person geschmeichelt, sondern seiner Stellung im Leben.

Er strahlte über das breite Gesicht. Für einen kurzen Moment hielt er vollkommen still und sah Gracie an, ohne auch nur ein Mal zu blinzeln.

«Nicht ganz», sagte er und fing erneut zu schwanken an, «ich bin nicht der Besitzer. Ich bin der Geschäftsführer. Blue Ribbon hat das Geld, ich habe den Verstand.» Mr. Pomeroys Stimme steigerte sich zu einem selbstbewussten Grölen, und Gracie war trotz ihrer Enttäuschung sehr beeindruckt.

«Sind Sie mit ihm verwandt?», fragte sie neugierig.

«Nicht ganz», sagte Mr. Pomeroy, «aber fast – wir sind sehr eng.» Womit er andeuten wollte, dass sie sich sehr nahestanden, wenn auch in diesem Moment nicht physisch.

«Können Sie einfach hingehen und sagen: ‹Das gefällt mir. Ich glaube, ich nehme das› und dann aus dem Laden mitnehmen, was Sie wollen?»

Sie war von dem Mann jetzt ganz gefesselt. Auch ihr Vater hörte aufmerksam zu.

«Nicht ganz», musste Mr. Pomeroy zugeben. «Um genau zu sein, kann ich die Sachen nicht einfach mitnehmen, aber ich bezahle zwanzig oder fünfundzwanzig Dollar weniger als jemand, der keinen Einfluss genießt und nicht dort arbeitet.»

«Ah, ich verstehe», sagte Gracie begeistert und überreichte dem wichtigen Gast einen Teller Hühnchenfleisch. «Deswegen arbeiten die Mädchen da. Ich würde das selbst gern mal probieren. Ich würde billiger kaufen, was mir gefällt, und dann würde ich kündigen.»

«O nein, das würden Sie nicht», sagte Mr. Pomeroy mit vollem Mund. «Sie würden nicht kündigen. Das sagen Sie jetzt nur.» Er fuchtelte mit einem fettigen Hühnerbein vor Gracies Gesicht herum.

«Ich frage mich, woher Sie das wissen wollen!», rief Gracie empört. «Wenn ich sage, ich kündige, dann kündige ich. Ich kann ja wohl kündigen, wann ich will.»

Der Gedanke an die Kündigung erregte sie sehr. Sie sehnte sich leidenschaftlich danach, zu kündigen, und sie hätte zweifellos auf der Stelle gekündigt, hätte es etwas zu kündigen gegeben. Mr. Pomeroy wiederum starrte sie ungläubig an; dass Gracie kündigen wollte, fand er unverständlich, geradezu verrückt.

«Kommen Sie einfach vorbei und sehen Sie selbst», schlug er vor. «Kommen Sie morgen vorbei, dann stelle ich Sie ein. Unter uns gesagt – unsere Kandidatin wird den großen Beliebtheitswettbewerb gewinnen. Mr. Blue Ribbon hat mir gesagt: ‹Albert, alter Junge, du suchst das Mädchen aus, und ich mache sie zur Beliebtheitskönigin.›»

Zufällig hatte Mr. Axelrod in letzter Zeit immer wieder die Überschrift UNSERE STADTKÖNIGIN vorgelesen. Den dazugehörigen Artikeln war zu entnehmen, dass sich «unser größtes Kaufhaus» «Blue Ribbon» mit der «New Heidelberg Tribune», «einflussreichste Zeitung unserer Stadt», dem «Juwelenimperium Tick-Tack» und einem Dutzend anderer Geschäfte zusammengetan hatte, um einer glücklichen jungen Frau zu ermöglichen, wovon andere nur träumen können: Sie würde aus allen Einwohnerinnen New Heidelbergs auserwählt, die Feierlichkeiten rund um den Winterkarneval anzuführen, und darüber hinaus die Gelegenheit bekommen, bei Filmaufnahmen mitzuwirken.

«Wer wird Ihr Mädchen? Und woher wollen Sie wissen, dass sie gewinnt?», fragte Gracie.

«Nun, alle Geschäfte, die bei der Sache mitmachen, entsenden eine eigene Kandidatin. Mr. Blue Ribbon hat zu mir gesagt: ‹Albert, die Kleine, die für unseren Laden antritt, wird den Wettbewerb für sich entscheiden.› Können ja schließlich nicht alle gewinnen, was?»

Mr. Pomeroy wurde immer gesprächiger. Vermutlich hätte er bis zum frühen Morgen nur von sich erzählt, doch Gracies Interesse zielte in eine andere Richtung.

«Oh, wirklich nicht?», unterbrach sie ihn. «Jede Wette, dass ich trotzdem kündigen würde, ob es Ihnen und Mr. Blue Ribbon nun passt oder nicht. Ich würde kündigen, um zu beweisen, dass ich kündigen kann.»

Mr. Pomeroy hatte sein Hühnchen aufgegessen, draußen vor der Bude drückte jemand wütend auf die Hupe. Ganz offenbar wurde nach Gracies Person verlangt, also verabschiedete Mr. Pomeroy sich mit dem Satz: «Kommen Sie morgen vorbei, dann werden Sie schon sehen, Miss – Miss Kündigung», raunte er vielsagend und torkelte hinaus, wie er hereingetorkelt war. Sämtliche Bewegung fand oberhalb der Knie statt.

Und so geschah es, dass Gracie am ersten Weihnachtstag früher als sonst Schluss machte und Mr. Axelrod mit der Arbeit allein ließ. Sie schlief so unbeirrt, wie sie sonst das Hühnerfleisch briet, und ungefähr auch genauso lange. Als einen Häuserblock weiter die erste Straßenbahn vorbeirumpelte, trank Gracie gerade ihren Morgenkaffee. Sie zog einen Pelzmantel unbekannter Abstammung über, der bei feuchtem Wetter wie ein lebendiges Tier roch, und zerhackte auf dem Weg zur Haltestelle das Eis und den verkrusteten Schnee mit ihren Absätzen. Die Straße führte steil bergab; wäre sie ein ausgelassener Mensch gewesen, hätte sie einen Hüpfer gewagt und wäre den Rest der Strecke geschlittert. Tat sie aber nicht – sie ging seitwärts, um nicht auszurutschen.

Die Straßenbahn war voll mit dunstiger Wärme, geschmolzenem Schnee und Arbeitern, die sich qualmend ans andere Ende der Stadt bringen ließen. Gracie erreichte das Kaufhaus pünktlich, als es gerade öffnete, und nachdem sie eine Weile zwischen Gängen und Aufzügen herumgestreift war, entdeckte sie Mr. Pomeroy.

Er gab sich wichtigtuerisch und weniger mitteilsam als bei ihrer ersten Begegnung, konnte sich aber mühelos an Gracie erinnern und arbeitete sie eine knappe Stunde lang mit streng erhobenem Zeigefinger in die hohe Kunst des Verkaufens ein.

Wenige Tage später kam es zu einem folgenschweren Zwischenfall, der Gracie jeglichen Gedanken an Kündigung austrieb. Nach der Arbeit fanden sich sämtliche Angestellte im Pausenraum ein. Mr. Pomeroy stellte sich auf eine Bank und leitete das Treffen.

«Wir haben uns hier versammelt», verkündete er von seiner Tribüne, «um die Vertreterin des ‹Blue Ribbon›-Kaufhauses beim großen Beliebtheitswettbewerb zu bestimmen, der unter der Schirmherrschaft von

Mr. Blue Ribbon stattfinden wird, dem führenden Geschäftsmann unserer Stadt, und unter der Schirmherrschaft einiger anderer führender Geschäftsmänner.» An dieser Stelle hielt er inne und holte tief Luft, als wäre ihm schwindelig.

«Bei der Wahl unserer Königin werden wir uns von Aufrichtigkeit leiten lassen», fuhr er fort, und zu aller Überraschung fügte er hinzu: «was sich immer empfiehlt. Jedermann weiß, dass hier in unserem Kaufhaus die schönsten Damen der Stadt arbeiten, und wir müssen uns nun für eine entscheiden, die uns repräsentieren wird. Bis morgen um diese Zeit können Sie sich überlegen, für wen Sie stimmen werden. Ich danke für Ihre Aufmerksamkeit, auch im Namen von Mr. Blue Ribbon, und ...» Er hatte sich einen starken Schlusssatz zurechtgelegt, der aber verloren ging, als seine Gedanken sich unvermittelt in die Kurzwarenabteilung verirrten.

«Und in Sachen Bekleidung möchte ich noch sagen ...» Er hielt inne. «In Sachen Bekleidung möchte ich ...» Er gab es auf und schloss seine Rede mit einem zahmen «... nun denn.»

Gracie schob sich am Ende der langen Schlange aus kichernden Mädchen durch den Mitarbeiterausgang ins Freie und sah Mr. Pomeroy an der nächsten Ecke im weißen Licht einer Straßenlaterne stehen. Sie eilte zu ihm hin und sprach ihn an.

«Ehrlich», sagte sie, «das war eine tolle Rede. Ich werde nie verstehen, wie manche Leute das schaffen, sich einfach so eine Rede auszudenken.»

Sie lächelte ihn an, drehte sich um, verschwand im Winterlicht in der bepelzten Menge und eilte zu ihrer

Haltestelle. Unwissentlich hatte sie selbst eine gute Rede gehalten. Denn Mr. Pomeroy, der immun war gegen Hohn und Beleidigungen, war sehr empfänglich für Komplimente.

Am folgenden Nachmittag wurde Gracie im Pausenraum des «Blue Ribbon» wunderlicherweise zur aussichtsreichsten Kandidatin für die ehrenvolle Aufgabe ernannt. Sie war überrascht und gleichzeitig kein bisschen überrascht. Sie hatte nie an ihrem Sieg gezweifelt, obwohl sie die Neue war und gegen fünf andere Mädchen antreten musste. Zwei dieser fünf waren hübscher als Gracie, drei waren überhaupt nicht hübsch. Doch die Wahl fand im Geiste eifersüchtiger Berechnung statt, und entsprechend verdreht fiel das Ergebnis aus. Die hübschen Mädchen beneideten einander und stimmten für die hässlichen. Die hässlichen waren neidisch auf die hübschen und stimmten deshalb für Gracie, die Neue – und die hässlichen waren in der Mehrheit. Niemand war neidisch auf Gracie, weil niemand sie kannte. Niemand hätte gedacht, dass Gracie die Abstimmung gewinnen würde, aber genau das passierte.

Und Mr. Blue Ribbon hielt Wort, wie es der angeheiterte Mr. Pomeroy indiskreterweise versprochen hatte. Er «regelte» die Angelegenheit, am Ende des Monats sollte die Krönung stattfinden. Die Parade würde durch die Haupteinkaufsstraße und anschließend durch die elegante Allee bis ans Flussufer ziehen. Königin Gracie Axelrod würde in der königlichen Limousine chauffiert werden, vorbei an einer jubelnden Menge aus treuen Gefolgsleuten.

Gegen Mittag, der Tag war kalt, versammelten sich die Teilnehmer des festlichen Konvois vor dem «New Heidelberg Hotel», was nicht ohne kleinere Blechschäden und viel Gehupe vonstattenging. Gracie saß im Fond ihrer Limousine neben Mr. Pomeroy, der für einen Tag den Titel «Höfling der Beliebtheitskönigin» trug. Hinter Gracies Rücken ragte ein blauer Stab in die Höhe, an dessen Spitze mehr schlecht als recht ein hell leuchtender Stern befestigt war. Sie hielt ein Zepter und trug eine vom örtlichen Kostümschneider gefertigte Krone, die jedoch durch eine von der Kälte verursachte eigentümliche chemische Reaktion zu einem unscheinbaren Rotbraun verblasst war. Gracie bemerkte nichts davon.

Gelegentlich warf sie Mr. Pomeroy einen zärtlichen Blick zu und stellte sich vor, wie nett es wäre, wenn seine behandschuhten Finger unter dem schweren Königinnenmantel ihre Hand umschlossen hielten. Der Gedanke war zu köstlich, und versuchsweise streckte sie den Arm aus und berührte Mr. Pomeroy ganz sacht, wie um vorsichtig anzudeuten, die Finger könnten während der Fahrt eine Liebelei beginnen.

Weniger wichtige Autos – beladen mit Abgesandten der Studentenverbindungen und Vizeköniginnen aus anderen Geschäften – setzten sich in Bewegung und rollten langsam hinter der Blaskapelle her, dann traten die Fahrer der Festwagen aufs Gaspedal, was für viel Lärm und weißen Qualm sorgte. Das Auto des Bürgermeisters stieß eine zischende Dampfwolke aus.

«Was ist denn los?», wandte Mr. Pomeroy sich sorgenvoll an den Chauffeur. «Wir wollen doch nicht hinter den anderen zurückbleiben!»

«Ich fürchte, da ist etwas eingefroren», sagte der Chauffeur, stieg aus und schraubte den Kühlerdeckel ab. «Ich gehe besser mal ins Hotel und hole heißes Wasser.»

«Ja, aber beeilen Sie sich!», jammerte Gracie. Schon setzte sich der Wagen vor ihnen in Bewegung. «Fahren Sie einfach los!», rief sie aufgeregt. «Sie können das reparieren, wenn wir zurück sind.»

«Ich soll einfach losfahren?», rief der Chauffeur empört. «Wie kann ich losfahren, wenn der Kühler eingefroren ist?»

Das Ende des Festzuges war jetzt hundert Meter weit entfernt, schon schlossen sich die ersten Automobile an, die nichts mit dem Festzug zu tun hatten.

Ein Wagen, auf dessen Rückbank ein beleibter junger Mann saß, hielt auf Gracies Höhe.

«Brauchen Sie Hilfe?», fragte der junge Mann höflich.

«Natürlich brauchen wir Hilfe, Sie Dummkopf!», rief Gracie. Die Umstehenden lachten.

«Dann sollten Sie schnell bei mir einsteigen», schlug der junge Mann ungeniert vor.

«Ja, vielleicht sollten wir das tun», sagte Mr. Pomeroy unsicher. «Wenn diese Dinger einmal eingefroren sind …»

«Aber was ist mit der ganzen Dekoration?», fragte Gracie.

Hilfsbereite Zuschauer zerrten an Gracies schmückendem Stern in der Absicht, ihn in den anderen Wagen hinüberzuschaffen, woraufhin das Konstrukt ächzte und knackte und in vier glatte Teile zerbrach.

Das Ende der Parade war unterdessen in weiter Entfernung um eine Ecke gebogen und außer Sicht.

«Schnell!», keuchte Mr. Pomeroy. «Steigen Sie ein!»

Gracie stieg ein, jemand warf ihr den Stern hinterher, als Glücksbringer. Der junge Mann breitete den Königinnenmantel über ihre Knie, und dann ging es mit Vollgas los – aber nur bis zur nächsten Kreuzung, wo sie im eigens für die Parade gestoppten Verkehr stecken blieben. Als sie endlich wieder losfahren konnten, mussten sie feststellen, dass sich auf einer guten Viertelmeile fremde Autos zwischen Gracie und die Parade geschoben hatten.

«Sagen Sie Ihrem Chauffeur, er soll hupen!», wies Gracie den dicken jungen Mann aufgebracht an.

«Er ist nicht mein Chauffeur. Das Auto wurde mir nur zur Verfügung gestellt. Ich bin gerade erst angekommen. Mein Name ist Joe Murphy, ich bin der Assistent.»

«Aber wir müssen unseren Platz einnehmen!», rief die Königin. «Was sollen denn die Leute sagen, wenn sie mich nicht sehen können?»

Der Chauffeur hupte gehorsam, aber weil alle anderen ebenfalls hupten, war kaum etwas davon zu hören. Die Fahrer hatten ihren Platz in der Blechlawine erobert und würden ihn nicht freiwillig einem ungeschmückten Wagen überlassen, von dem aus eine offenbar betrunkene junge Frau sie immer wieder mit einer langen blauen Stange bedrohte.

Sobald sie in die elegante Allee eingebogen waren, fing Gracie an, nach rechts und links den Kopf zu neigen und die Menge zu grüßen, die an der Strecke hätte stehen sollen. Sie grüßte Grüppchen und Einzelpersonen gleichermaßen, auch Babys und Hunde, falls die in ihre Richtung schauten, und sogar einige der prunkvolleren Häuser, die den Gruß mit kaltem Blick aus starren Glasaugen erwiderten. Dann und wann nickte ein Passant höflich zurück, eine kleinere Gruppe applaudierte sogar, aber ganz offensichtlich brachte niemand sie mit der farbenfrohen Prozession in Verbindung, die längst weitergezogen war.

Gracie grüßte eine gute Meile lang, bis zwei junge Männer an einer Straßenecke riefen, was nicht zu überhören war und prompt von ein paar Jungs auf dem Gehweg aufgeschnappt und wiederholt wurde: «Woher hast du den Gin, Schwester? Woher hast du den Gin?»

Gracie gab es auf, brach in Tränen aus und bat Mr. Murphy, sie nach Hause zu bringen.

Der Film «New Heidelberg, romantische Stadt im Mittleren Westen» wurde am Stadtrand gedreht. An einem Februarmorgen stieg Gracie bei Tauwetter an der Endhaltestelle aus der Straßenbahn und trippelte zusammen mit den anderen Königinnen vorsichtig um Pfützen aus Schlamm und Schneematsch herum, die den Untergrund fast lückenlos bedeckten. Am Drehort hatte sich eine größere Menschenmenge versammelt, und Gracie als Hauptdarstellerin versuchte, die Verantwortlichen zu finden. Jemand zeigte auf ein Podest in der Mitte und erklärte ihr, der hektische kleine Mann, der dort hinten so nervös auf und ab laufe, sei Mr. Decourcey O'Ney, der Regisseur. Gracie drängelte sich durch.

Decourcey O'Ney hatte seine Karriere beim Film schon in jungen Jahren begonnen und bis 1916 als einer der ganz großen Regisseure gegolten. Nach einem der hysterischen Krampfanfälle, wie sie die Filmindustrie regelmäßig heimsuchen, stand er plötzlich ohne Aufträge da. Dass das örtliche Filmkomitee diesen Mann hatte gewinnen können, war in der «New Heidelberg Tribune» mehr als ein Mal hochgespielt worden.

Er beklagte sich gerade bei seinem Assistenten über die ungewöhnlich sumpfige Beschaffenheit des Bodens, als plötzlich eine dralle junge Dame mit einer riesigen Kleiderschachtel unterm Arm neben ihm auf dem Podest stand.

«Kann ich Ihnen helfen?», fragte er geistesabwesend.

«Ich bin die Leinwandkönigin», sagte Gracie.

Mr. Joe Murphy, Regieassistent und Mädchen für alles, konnte das bestätigen.

«Aber ja doch», sagte er freudig, «diese junge Dame wurde zur Beliebtheitskönigin der Stadt gekürt. Können Sie sich nicht an mich erinnern, Miss Axelrod?»

«Doch», sagte Gracie mürrisch. Sie hatte keine Lust, an das Fiasko erinnert zu werden.

«Haben Sie Filmerfahrung?», erkundigte sich Mr. O'Ney.

«O ja, ich habe schon sehr viele Filme gesehen und weiß ziemlich genau, was eine Hauptdarstellerin so tun muss.»

«Nun», murmelte Mr. O'Ney verstört, «ich glaube, Sie werde ich erst mal vergolden müssen.»

«Damit will Mr. O'Ney nur sagen, dass er Sie einweisen wird», sagte Joe Murphy hastig.

«Übrigens», sagte Mr. O'Ney höflich, «können Sie kreischen?»

«Was?»

«Haben Sie je laut geschrien?», fragte er und fügte hinzu: «Ich frage das nur, weil ich es wissen möchte.»

«Also … ja, natürlich», sagte Gracie zögerlich, «ich glaube, ich kann ganz gut schreien. Fall Sie jemanden brauchen, der schreit.»

«Sehr schön», sagte Mr. O'Ney zufrieden. «Dann schreien Sie.»

Noch bevor Gracie ihren Ohren trauen oder gar den Mund aufmachen konnte, mischte Joe Murphy sich ein: «Mr. O'Ney meint, Sie sollen später schreien. Gehen Sie zu dem Wagen dort hinten und ziehen Sie bitte Ihr Kostüm an.»

Die verwirrte Gracie machte sich auf den Weg zur Damengarderobe. Joe Murphy schaute ihr voller Bewunderung nach. Er mochte Blondinen, die ebenso füllig waren wie er, ganz besonders wenn sie aussahen wie heißem Milchschaum entstiegen.

Der Film – dessen Drehbuch eine heimische Dichterin verfasst hatte – sollte an die Gründung der Siedlung New Heidelberg durch mutige Pioniere erinnern. Drei Tage lang wurden die Massenszenen geprobt. Gracie wurde von der Arbeit im Kaufhaus freigestellt und erschien jeden Morgen zum Dreh, um zitternd auf der Sitzbank eines Planwagens auszuharren. Alles war sehr verwirrend, und sie wusste nicht genau, was von ihr erwartet wurde. Als ihr Drehtag gekommen war, spielte sie um ihr Leben. Sie kletterte auf den Planwagen, riss mit aller Kraft die Augenbrauen hoch und krümmte die

kleinen Finger zu grotesken Haken. Während des India-
nerüberfalls rannte sie durch den Platzpatronenhagel,
fuchtelte wild mit den Armen und zeigte auf die sie um-
kreisenden Rothäute, wie um auf grobe taktische Stel-
lungsfehler hinzuweisen. Am Abend des zweiten Tages
verkündete Mr. O'Ney, der Dreh sei abgeschlossen. Er
bedankte sich bei allen bereitwilligen Helfern, deren
Dienste nun nicht mehr gebraucht würden. Während
der gesamten Aufnahme hatte Gracie kein einziges Mal
schreien müssen.

Seit Gracie tagsüber arbeitete, ging es mit Mr. Axelrods
Geschäft bergab. Er legte sich um Mitternacht schlafen, gerade wenn er hellwach hätte sein sollen. Er
fühlte sich einsam, weil keine Gracie die Bude mit warmem Hühnchenqualm füllte, und er hatte niemanden
mehr, dem er aus der Zeitung hätte vorlesen können.
Dennoch war er irgendwie stolz auf seine Tochter, und
durch seine Schlaftrunkenheit drang die Erkenntnis,
dass es in Gracies Leben jetzt mehr gab als nur ihn.
   Er war sehr geschmeichelt, als Gracie ihn an einem
Donnerstagabend zu einer nichtöffentlichen Vorfüh-
rung des Films einlud. Nur die Hauptakteure würden
zugegen sein. Die eigentliche Premiere im feierlichen
Rahmen würde erst später im großen Gemeindesaal
stattfinden, die Voraufführung indes im Bijou. Als das
kleine, handverlesene Publikum Platz genommen hatte
und der rote Samtvorhang sich teilte und die Leinwand
freigab, erstarrten Gracie und ihr Vater vor Aufregung.
Die ersten Titel erschienen unvermittelt:

NEW HEIDELBERG
ROMANTISCHE STADT
IM MITTLEREN WESTEN
EIN EPOS AUS VERGANGENHEIT UND
GEGENWART
VON WACHSTUM UND WOHLSTAND
DREHBUCH:
HARRIET DINWIDDIE HILLS CRAIG
REGIE:
DECOURCEY O'NEY

Es folgten die Darsteller. Gracie erschauderte, als sie ihren Namen entdeckte:

MISS GRACIE AXELROD
GEWINNERIN DES BELIEBTHEITS-
WETTBEWERBS ...

Und am Ende der gepunkteten Linie:

... ALS ERSTE KÖNIGIN
VON NEW HEIDELBERG

Das Wort «Prolog» tanzte vor ihren Augen, Gracie hatte jenes flaue Gefühl im Magen, das Zahnbehandlungen vorausgeht. Gebannt schaute sie den schwerfälligen Planwagen zu, die sich über die Prärie schoben, und sie schnappte nach Luft, als in der ovalen Öffnung an der Rückseite eines Planwagens plötzlich ihr schauspielerndes Gesicht in Großaufnahme erschien.

NIE DÜRFEN WIR DIE EDLEN MÄNNER UND
FRAUEN VERGESSEN
DEREN SELBSTLOSES OPFER
DEN BAU UNSERER HERRLICHEN STADT
ERST ERMÖGLICHTE

Am Horizont tauchten jetzt die Indianer auf. Alles war viel aufregender, als es auf dem Vorstadtgrundstück den Anschein gehabt hatte. Die Schlacht, ergreifend realistisch, war in vollem Gange. Gracie hielt in dem hitzigen Gewimmel nach sich selbst Ausschau, aber da waren zahlreiche junge Frauen im Bild, und jede einzelne hatte so angestrengt geschauspielert wie sie.

Und schon kam der Höhepunkt. Ein bedrohlicher Wilder ritt heran. Peng! Und Gracie, oder eine Frau, die wie Gracie aussah, sank verwundet zu Boden.

«Siehst du das? Siehst du das?», flüsterte sie ihrem Vater aufgeregt zu. «Das war ganz schön schwierig, das kann ich dir sagen!»

Jemand machte «Pssst!», Gracie richtete den Blick wieder auf die Leinwand. Die Indianer wurden vertrieben, alle beteten tüchtig, und dann wurden schnell die Felder gepflügt und Mais angebaut. Zu Gracies Überraschung veränderte sich die Szenerie. Die vorstädtische Ebene verschwand, einer der Planwagen verwandelte sich vor Gracies Augen in eine schicke Limousine. Aus der Limousine stieg eine moderne junge Frau mit Pelzmantel und passender Kappe. Es war niemand anderes als Miss Virginia Blue Ribbon, die hübsche Tochter des Kaufhausbesitzers.

Gracie riss die Augen auf. War der Teil mit den Pionieren schon vorüber?, wunderte sie sich. Nach nicht einmal fünfzehn Minuten? Und was hatte die Limousine mit dem Film zu tun?

«Sie müssen was weggelassen haben», flüsterte sie ihrem Vater zu. «Wahrscheinlich bin ich gleich wieder zu sehen. Sie hätten nicht so früh zeigen dürfen, wie ich verwundet werde.»

Sie hatte die Wahrheit immer noch nicht erkannt – dass sie nur im Prolog mitspielte und der Prolog vorüber war. Miss Blue Ribbon stand vor dem Kaufhaus ihres Vaters, dann schlenderte sie in den Gängen der Abteilungen umher. Anschließend saß sie wieder in der Limousine und fuhr die elegante Allee entlang, später trug sie ein schönes Abendkleid und tanzte mit vielen jungen Männern durch den Ballsaal des Hotels.

Im Halbdunkel studierte Gracie das Programmheft. «Miss Virginia Blue Ribbon», stand da, «als ‹die Königin von heute›.»

«Wahrscheinlich haben sie sich ein paar Pionierszenen für den Schluss aufgespart», sagte sie verunsichert.

Zwei Filmrollen liefen flimmernd ab. Miss Blue Ribbon schien sich rätselhafterweise für Fabriken, Juweliergeschäfte und sogar Statistiken zu interessieren. Gracies Verwirrung hatte sich in einen schweren, brennenden Klumpen verwandelt, der ihr nun in der Kehle steckte. Als die Parade an die Leinwand geworfen wurde, sah sie alles durch einen verschwommenen Schleier, der sich auf ihre Augen gelegt hatte. Da rollten die Autos an der jubelnden Menge vorbei – die Vizeköniginnen, der Bürgermeister, Mr. Blue Ribbon und seine

Tochter in ihrer Limousine. Die Szene ging zu Ende. Gracie musste daran denken, wie sie irgendwo weit hinten im Auto gesessen hatte, in zwei Meilen Abstand.

Sie wollte fliehen, hatte aber das Gefühl, von allen beobachtet zu werden. Sie harrte aus, fassungslos und blind, bis wenige Minuten später ein Flackern über die Leinwand ging und der Film zu Ende war.

Sie zwängte sich durch die Sitzreihen und eilte zum Ausgang, das Gesicht in den Pelzkragen gedrückt. Sie hatte gehofft, unerkannt entkommen zu können, doch dann wurde sie von der verschlossenen Ausgangstür aufgehalten und gelangte erst mit der Menge ins Foyer.

«Lassen Sie mich vorbei», giftete sie einen korpulenten Mann an, der sie an das Messinggeländer drückte. Der korpulente Mann drehte sich um, sie erkannte Mr. Blue Ribbon persönlich.

«Na, wenn das nicht unsere Karnevalskönigin ist», sagte er fröhlich.

Gracie richtete sich auf und zwang die halb vergossenen Tränen in ihre Augen zurück. Mr. Pomeroy stand direkt hinter seinem Arbeitgeber, und Gracie begriff, dass das breite Lächeln des Abteilungsleiters nur eine schlechte Kopie von Mr. Blue Ribbons Geschäftsgrinsen war.

Ihre Wut machte sie stolz und furchtlos; Mr. Blue Ribbon und sein Angestellter zuckten zurück, als sie den veränderten Ausdruck in Gracies Gesicht sahen.

«Also wirklich!», rief sie in ihrer Fassungslosigkeit. «Lassen Sie mich Ihnen eins ganz offen sagen: Ich fand Ihren Film miserabel und würde keinen Cent bezahlen, etwas so Miserables zu sehen!»

Ein Foyer voller Menschen hörte zu; selbst der Brunnen in der Mitte schien vor Aufregung zu prusten. Mr. Pomeroy trat einen Schritt vor, wie um sie zu packen, aber Gracie hob drohend die Hand.

«Fassen Sie mich nicht an!», rief sie. «Ich habe es Ihnen von Anfang an gesagt: Wenn mir Ihr oller Laden nicht gefällt, kündige ich, und jetzt ist es so weit: Ich kündige! Wenn man schon hingeht und eine Königin wählen lässt, sollte sie Königin von mehr sein als einem alten, kaputten Planwagen!» Ihre Stimme gellte so schrill wie nie zuvor in ihrem Leben.

«Und beim Film kündige ich auch!», schrie sie erbost, und mit der Geste einer Diva, die einen millionenschweren Vertrag zerfetzt, zerrte sie das Programmheft aus der Tasche, riss es ein Mal, zwei Mal mittendurch und warf Mr. Blue Ribbon die weißen Schnipsel ins verwunderte Gesicht.

Zwei Uhr nachts. In der Hühnchenbude waren keine Gäste mehr, und Mr. Axelrod hatte sich, erschöpft von dem aufregenden Abend, längst ins Bett gelegt, als die Tür aufging und ein beleibter junger Mann mit Kindergesicht eintrat. Es war Joe Murphy.

«Raus mit Ihnen!», rief Gracie sofort. «Raus aus meiner Hühnchenbude!»

«Ich möchte mit Ihnen über den Film sprechen.»

«Ich werde in keinem Film mehr mitspielen, und wenn Sie mir eine Million Dollar bieten! Ich hasse Filme, verstanden? Ich mache mir nicht noch mal die Hände schmutzig. Und außerdem, raus jetzt!»

Sie schaute sich panisch um, und als ihr Blick auf den

Topf mit köchelnder Bratensoße fiel, wich Joe Murphy instinktiv an die Tür zurück.

«Ich hatte nichts damit zu tun! Das waren die anderen. Ich würde Sie doch niemals aus einem Film schneiden», und dann platzte er unvermittelt heraus: «Weil … weil ich Sie liebe!»

Gracie fiel ein Deckel aus der Hand, er drehte sich am Boden wie ein Kreisel.

«Tja», sagte sie schnippisch, «da haben Sie sich ja einen schönen Zeitpunkt ausgesucht, mir das zu sagen!»

Aber sie bedeutete ihm mit einer Geste, näher zu kommen.

«Gracie, hören Sie», sagte er, «die haben Ihnen übel mitgespielt, und da habe ich mich gefragt, ob Sie es ihnen vielleicht heimzahlen möchten?»

«Ich möchte denen die Zähne einschlagen.»

«Decourcey O'Ney sieht das ähnlich», vertraute Joe ihr an. «Wissen Sie, er ist kein besonders guter Geschäftsmann. Man hat ihn um einen Teil des vereinbarten Honorars geprellt.»

«Warum hat er mir nicht die Hauptrolle gegeben, die mir versprochen wurde?», fragte Gracie.

«Weil es ihm so aufgetragen wurde», erklärte Joe geduldig. «Die haben gesagt, Sie wären nur durch ein Versehen dabei und kein bisschen wichtig, wir sollten nicht allzu viel Material auf Sie vergeuden.»

«Ach, das haben sie wirklich gesagt, ja?», rief Gracie. Sie war rot vor Wut. «Warten Sie ab, was passiert, wenn die Leute, die mich zur Königin gewählt haben, merken, was dem Film angetan wurde!»

«So sehe ich das auch», sagte Joe, «und meiner Meinung nach sollten wir den Film ein wenig nachbessern. Denn, wie Sie schon sagen, die Leute werden ganz schön sauer sein.»

«Meine Güte, die werden ja so sauer sein», sagte Gracie, und bei dem Gedanken wurde ihr angenehm warm ums Herz. «Jede Wette, dass sie dem alten Blue Ribbon auf die Pelle rücken werden. Die werden sich alle zusammenschließen und nie wieder was in seinem Laden kaufen», fügte sie hoffnungsfroh hinzu.

«Genau», sagte Joe rücksichtsvoll, «und deswegen bin ich der Ansicht, dass wir den Film nachbessern sollten. Mr. O'Ney ist so wütend, dem ist alles egal. Er hat mir gesagt, ich kann tun, was ich will. Ihm ist es egal.»

Gracie zögerte.

«Mir wäre eigentlich lieber, niemand würde jemals wieder im ‹Blue Ribbon› was kaufen.»

Sie stellte sich den arbeitslosen Mr. Pomeroy vor, wie er in die Bude kommen und um ein Stück Hühnchenfleisch betteln würde. Aber Joe schüttelte den Kopf.

«Ich habe einen besseren Plan», sagte er. «Morgen früh um neun hole ich Sie ab. Packen Sie Ihr Kostüm ein – das Kostüm, das Sie bei den Dreharbeiten getragen haben.»

Er ging hinaus. Gracie stellte sich in die Tür und folgte ihm mit Blicken. Die Dächer waren tropfnass, am Himmel standen die Sterne, eine sanfte, feuchte Brise wehte. Ein Satz aus Joe Murphys Mund hallte in Gracies Kopf nach.

«Sagen Sie mal», rief sie ihm hinterher, «wie haben Sie das eben gemeint, dass Sie mich lieben?»

Joe blieb stehen und drehte sich um.

«Ich? Nun … ich meinte es so, wie ich es gesagt habe.»

«Das ist lustig», sagte Gracie. Dann fügte sie hinzu: «Ach, kommen Sie doch bitte mal zurück … Joe.»

Joe kam zurück.

Als die öffentliche Premiere nahte, waren alle Gehwege von Matsch bedeckt, und der letzte Schnee lag als schmutziges Sorbet in der Gosse. Am großen Samstagabend war der Gemeindesaal zum Bersten gefüllt. Diesmal war ein komplettes Orchester geladen, das eine überwältigende Ouvertüre spielte, danach erklomm Mr. Blue Ribbon die Bühne. Er trat ins Rampenlicht.

«Liebe Einwohner von New Heidelberg!», hob er an, «um es so kurz wie möglich zu machen: Dieser Film zeigt eine wahre … eine wahre Begebenheit aus der Geschichte unserer Stadt. Zuerst wird in einem mitreißenden Epos erzählt, ich nenne es das Epos unserer Pioniertage, wie unsere Großväter und Großmütter ihre Ochsen anspannten und in dieses Land kamen aus … aus Europa … auf der Suche nach Gold!»

Ihm schien selbst aufzufallen, dass der letzte Satz nicht ganz korrekt war, aber weil eine Gruppe alter, schwerhöriger, weißhaariger Leute in der Mitte des Publikums heftig zu applaudieren anfing, ließ er es dabei bewenden und wandte sich an all jene, ohne deren Mühen der Film niemals hätte gedreht werden können. Zunächst einmal wolle er sich bei allen Beteiligten für ihren großen Eifer bedanken. Dieser Eifer habe ihm bewiesen, dass New Heidelberg in der Lage sei, geschlossen zu handeln. Dann begrüßte er den berühmten Regisseur, Mr. Decourcey O'Ney. Nach langjährigem Erfolg in Hollywood sei Mr. O'Ney nicht zuletzt deswegen hergekommen, weil er vom herausragenden Eifer der Bewohner gehört habe.

Applaus! Alle drehten sich zu Mr. O'Ney um. Der solcherart aufgestöberte Mr. O'Ney erhob sich und verbeugte sich nach allen Seiten. Seine Sitznachbarn berichteten später, er habe sich nervös umgeschaut, sein Blick habe vor allem die roten Lichter gesucht, die den Notausgang markierten.

«Und zuletzt», fuhr Mr. Blue Ribbon gönnerhaft fort, «dürfen wir die junge Dame nicht vergessen, die bei einer öffentlichen Wahl zur Schönsten unserer Stadt gekürt wurde und die unser Filmkunstwerk mit ihrem Liebreiz ziert – Miss Grace Axelrod – unsere Leinwandkönigin!»

Stürmischer Applaus. Gracie stand auf, verneigte sich und nahm unter ironischem Gemurmel schnell wieder Platz.

Mr. Blue Ribbon schwadronierte noch eine Weile so weiter. Schließlich beendete er seine Rede mit einem wohlwollenden Lächeln, verließ die Bühne und nahm seinen Platz in der ersten Reihe ein. Im Saal wurde es dunkel, das Orchester spielte die Nationalhymne, und auf blauem Hintergrund erschien ein silbriger Rahmen:

NEW HEIDELBERG

ROMANTISCHE STADT

IM MITTLEREN WESTEN

Die einleitenden Zwischentitel waren unverändert geblieben. Der Planwagentreck setzte sich in Bewegung, sporadisch brach Applaus aus, wenn die Pioniere von stolzen Freunden und Verwandten wiedererkannt wurden.

Zur Überraschung aller Zuschauer, die bei der Voraufführung dabei gewesen waren, wurde nun ein neuer Zwischentitel eingeblendet:

MISS GRACE AXELROD
VON DER GANZEN STADT GEWÄHLT
KÖNIGIN UND STAR DIESES FILMS ZU SEIN.
EIN ECHTES PIONIERMÄDCHEN …
MISS AXELROD

Mr. Blue Ribbon schnappte unhörbar nach Luft. Das Publikum, dem die Veränderung nicht weiter auffiel, applaudierte.

Da kamen auch schon die Indianer angeritten, sie schirmten ihre Augen mit den Händen ab und wendeten die bewährte Taktik an, ihre Opfer in konzentrischen Kreisen zu umrunden. Die Schlacht hatte begonnen, der Wagentreck kam zum Stillstand, fast war der Knall der Platzpatronen zu hören, so realistisch wirkte das Geschehen. Die Zuschauer klatschten. Der nächste Titel lautete:

ALS DIE WEISSEN
DIE SCHLACHT VERLOREN
SCHIESST MISS GRACE AXELROD
KÖNIGIN DER STADT

DEN INDIANERHÄUPTLING MIT

EINEM GEWEHR TOT

DAS SIE SICH GEHOLT HAT.

Der nun folgende Applaus war von gelegentlichem Jap-
sen durchsetzt, jemand kicherte. Die Handlung wurde
immer absurder. Auf der Leinwand war zu sehen, wie
Miss Axelrod sich das Gewehr eines Mannes schnappte,
der sofort wieder aus dem Bild verschwand, jedoch un-
schwer als junger Zeitgenosse mit Melone zu erkennen
war. Miss Axelrod kniete nieder und zielte auf einen Te-
legrafenmasten, der urplötzlich in der Prärie herum-
stand. In der nächsten Szene, so kurz, dass man sie hätte übersehen können, stürzte ein Mann zu Boden. Ganz
offensichtlich handelte es sich um den von Miss Axelrod
erschossenen Indianerhäuptling, doch wieder entging
den Aufmerksamen im Publikum nicht, dass der Einge-
borene zwar Federn auf dem Kopf trug, ansonsten aber
recht modern gekleidet war; unter den aufgekrempel-
ten Hosenbeinen kamen Sockenhalter zum Vorschein.

Diesmal war unterdrücktes, lang gezogenes Kichern
zu hören, doch immer noch war das Publikum weit von
dem Verdacht entfernt, es könnte sich um irgendetwas
anderes handeln als den angekündigten Film.

ALS DIE INDIANER TROTZ

MISS AXELRODS ATTACKE

NOCH NICHT VERTRIEBEN WAREN

SCHIESST SIE DEN STELLVERTRETER DES

HÄUPTLINGS TOT

UND BESIEGELT DAMIT IHRE NIEDERLAGE.

Die Erschießung des Stellvertreters sah der Erschießung des Häuptlings auffallend ähnlich. Wieder ragte in der Ferne der schlanke Telegrafenmast auf, wieder stürzte ein Sioux mit Sockenhaltern zu Boden. Die Ähnlichkeit legte nahe, dass es sich beim Stellvertreter um den Zwillingsbruder des Häuptlings handelte.

Das Flüstern hatte sich zu einem Brummen gesteigert, langsam machte der Verdacht sich breit, dass irgendwo irgendwie irgendetwas aus dem Ruder gelaufen war.

Die Handlung auf der Leinwand ging in gewohnter Weise weiter. Die Indianer, schockiert über den Verlust des stellvertretenden Anführers – offenbar war er der wahre Drahtzieher des Angriffs gewesen –, zogen sich zurück, und die Siedler umarmten einander, jubilierten, sangen eine Dankeshymne und begannen mit dem Aufbau von New Heidelberg.

Mr. Blue Ribbon war schon eine ganze Weile unruhig auf seinem Platz hin und her gerutscht, er schaute sich verwirrt um, richtete seinen wütenden, ungläubigen Blick wieder auf die Leinwand. Der Prolog war vorüber, nun sollte eigentlich Miss Virginia Blue Ribbons Triumphzug durch die Läden und Handelszentren der Stadt folgen.

MISS GRACE AXELROD
GEWINNERIN DES STÄDTISCHEN
BELIEBTHEITSWETTBEWERBS
BUMMELT DURCH
DIE GROSSEN EINKAUFSLÄDEN
DER STADT.

35

Die zittrigen Buchstaben verblassten, und Mr. Blue Ribbon musste mit ansehen, dass der Auftritt seiner Tochter jetzt stark zusammengeschnitten war. Sie war immer nur von hinten zu sehen. Wie zuvor betrat sie die Läden, sie befühlte Stoffe und bewunderte Schmuck – aber sobald sie den Kopf drehen und dem Publikum ihr Gesicht zuwenden wollte, endete die Szene abrupt.

Eine erstaunliche Information flimmerte über die Leinwand:

MISS GRACE AXELROD SIEHT DÜNNER AUS
WEIL SIE EIN BESONDERS GUTES
KORSETT TRÄGT
WIE MAN ES IM KAUFHAUS «BLUE RIBBON»
NIEMALS FINDEN WÜRDE.

Einen Moment lang war nichts zu hören außer einem langen Seufzer von Miss Virginia Blue Ribbon, die in Ohnmacht fiel. Dann ertönte ein leises, entgeistertes Tuscheln, das sich zu einem ohrenbetäubenden Krakeelen steigerte. Mr. Blue Ribbon sprang von seinem Platz auf und stürzte ans rückwärtige Ende des Saales. Er hinterließ eine Schneise ehrfürchtiger Stille.

Alle anderen im Publikum wurden Zeugen eines historischen Moments. Auf eine Nahaufnahme von Miss Blue Ribbon folgte der Zwischentitel:

EINE, DIE SICH VORDRÄNGELN WOLLTE!

Der Film lief noch weiter, aber keiner schaute hin. Der irre Ruf «Gracie vor!» aus den hinteren Reihen beendete die Vorstellung. Niemand bekam die Schlussszene zu sehen, in der Schulkinder mit weißen und schwarzen Taschentüchern den Namen der Stadt legten. Alle waren auf den Beinen und starrten zum Oberrang hinauf, wo Mr. Blue Ribbon und ein paar andere empörte, wutschnaubende Bürger versuchten, über den Vorführer hinwegzuklettern und den Projektor anzuhalten. Um Mr. Decourcey O'Ney, der still vor sich hin zitterte, hatte sich ein Pulk gebildet. Jemand hörte ihn sagen, der Film wäre viel besser geworden, hätte er die Beteiligten anständig vergolden können.

Joe Murphy drehte sich zu Gracie um und flüsterte: «Wir sollten verschwinden, bevor das Saallicht eingeschaltet wird.»

«Meinst du, er kam gut an?», fragte sie nervös, als sie durch einen Seiteneingang in die fast schon milde Abendluft hinaustraten. «Ich fand den Film großartig, und ich glaube, wer ihn nicht mag, ist eine beleidigte Leberwurst.»

Sie liefen zur Haltestelle. «Der arme O'Ney», sagte Joe nachdenklich.

«Meinst du, die Leute werden Mr. O'Ney ins Gefängnis sperren?»

«Nein, nicht ins Gefängnis.» Das letzte Wort betonte er so merkwürdig, dass Gracie nachfragte: «Wohin dann?»

Joe nahm Gracies Hand und drückte sie zuversichtlich. «In ein nettes, ruhiges Irrenhaus», sagte er. «Weißt du, an seinen klaren Tagen ist er ein wirklich guter Regisseur. Das einzige Problem mit ihm ist, dass er komplett den Verstand verloren hat.»

Gracie Axelrod und Joe Murphy heirateten Ende März, und alle Kaufhäuser außer dem «Blue Ribbon» schickten ihnen kostspielige Brautgeschenke. Die Flitterwochen verbrachten sie in Sioux City, wo sie jeden Abend ins Kino gingen. Seit sie wieder in New Heidelberg leben und das Restaurant eröffnet haben, das ihnen zu mehr als bescheidenem Wohlstand verholfen hat, ist Gracie zu einer lokalen Koryphäe in Sachen Film aufgestiegen. Sie kauft sämtliche Kinomagazine – «Leinwandschluchzer», «Hinter Filmkulissen» und «Stars und Skandale» –, und wann immer irgendwo im Land ein Beliebtheitswettbewerb ansteht, zwinkert sie wissend.

Mr. Decourcey O'Ney wurde aus der Nervenklinik entlassen und von einer Produktionsfirma namens «Filme Par Excellence» eingestellt, das Wochengehalt beträgt zweitausend Dollar. Sein erster Film wird «Verrückte Herzen» heißen. Gracie kann es kaum erwarten, ihn zu sehen.

DIE ERSTE REVUETÄNZERIN

Das Auffälligste an Gay war ihre Art; man hatte fast
den Eindruck, sie spiele sich selbst. Ihre Kleider und
ihre Juwelen waren von ausgezeichneter Qualität,
schmückten sie jedoch nur oberflächlich wie Lametta
und Kugeln einen Weihnachtsbaum. Das kam daher,
dass sie selbst von unheimlich guter Qualität war und
nichts zu verbergen hatte als ihre Vergangenheit. Sie
hatte fraglos die beste Figur von ganz New York, an-
dernfalls hätte sie niemals so viel Geld damit verdienen können, auf einer Bühne herumzustehen und zwei
Metern grünem Tüll den Anschein von Bedeutsamkeit
zu verleihen. Ihr Haar war von diesem gewissen Blond,
das keine Farbe im eigentlichen Sinne ist, sondern ein
Spiegel für das Licht, deswegen sparte sie sich oft die
Mühe, es in Wellen legen oder sonst wie «machen» zu
lassen.

Als ich sie zum ersten Mal sah, saß sie im Japanischen Garten des «Ritz» und aß Himbeeren mit Sahne.
Der kühle Klang von Brunnengeplätscher und Armrei-
fenklirren hing in der Luft, eine dunstige Hochsom-
merstille dämpfte alle Gespräche. Ich merkte gleich,
wie gut sie hierher passte, sie war so leicht und luf-
tig, als hätte sie schon vor langer Zeit erkannt, dass
sie dekorativ und unterhaltsam war und nicht auf der

Welt, um Wesentliches zum Wohl der Allgemeinheit beizutragen.

Ihre weit auseinanderstehenden Augen waren klein. Alles an ihr war klein, dabei wirkte sie kein bisschen zu knapp geraten oder so, als hätte man an ihr gespart; vielmehr sah sie aus wie auf Hochglanz poliert. Sie war ziemlich groß, und alles an ihr fügte sich mit entzückender Passgenauigkeit zusammen, wie die Kerne eines Granatapfels. Vermutlich war es diese Ähnlichkeit mit einem *objet d'art*, die ihr so viele Verehrer aus der besseren Gesellschaft bescherte.

Sie besaß jedoch noch andere Eigenschaften, die ihr, wie man ahnte, früher oder später zum Nachteil gereichen würden: Sie hatte eine Schwäche für intellektuelle Männer, obwohl sie, da bin ich mir sicher, kein Buch je bis zu Ende gelesen hatte und Bier jedem anderen Getränk vorzog; sie liebte Kneipen, lernte Französisch und konnte sich schlecht zwischen Theosophie und Katholizismus entscheiden.

In der Klatschpresse tauchte sie niemals auf. Die Männer, die sie umwarben, waren sehr vornehm, und so hatte sie früh gelernt, wie sehr es auf Diskretion ankam, auch sich selbst zuliebe. Im Schutz der Diskretion ließ es sich umso freier leben – ein sehr aristokratischer Standpunkt.

Außerdem war sie, eine zurückhaltende, aber fraglos abenteuerlustige Frau, finanziell abgesichert, was sie vor jener Hysterie bewahrte, in die ihre Kolleginnen regelmäßig verfielen. Natürlich hatte es nicht immer zum Leben gereicht, doch zu Beginn ihrer Karriere, als die Produzenten noch nicht gemerkt hatten, dass sie die

Tänzerinnen neben sich aussehen ließ wie Mortadella-
würste, hatte es einen weitsichtigen Ehemann gegeben,
der ihr bis an ihr Lebensende jährlich fünftausend Dollar zahlen musste. Kein Zweifel, sie war in der Lage,
auf dem Blumenpfad der Lust² zu wandeln.

In den ersten Jahren war sie kurz davor gewesen, ihren Ruf zu ruinieren. Sie hatte sämtliche in der Sonntagsbeilage aufgeführten Partys besucht, und die Pressefotos waren so spektakulär, dass ihre rätselhafte
Bekanntheit ins Ordinäre umzuschlagen drohte. Doch
sie lernte, Cocktails mit Absinth zu mögen und die
Bühnenkarriere wirklich zu wollen, was sie die Nähe
erfolgreicher Menschen suchen ließ und sie vor dem
nicht seltenen Schicksal der ins Lotterleben abgerutsch-
ten Geschiedenen bewahrte.

Sie war sehr kaleidoskopisch. Manchmal saß sie nur
da, trank Unmengen und verfiel gegen Ende des Abends
in einen britischen Akzent; bei anderen Gelegenheiten
rührte sie keinen Alkohol an, aß einen Teller Spargel
mit Sauce hollandaise nach dem anderen und schwor,
ins Kloster zu gehen. Einmal, als es ihr besonders ernst
war damit, den Schleier zu nehmen, fragte ich sie nach
dem Grund, und sie antwortete: «Weil ich das noch nie
ausprobiert habe.»

Damals lebte sie in einer Wohnung mit silbernen
Tapeten, rostrotem Teppich und jeder Menge bauschi-
gem Taft in Delfter Blau; kein Wunder, dass sie sich
zwischen ihrem Louis-XVI-Teeservice, dem Flügel,
der riesigen Silbervase – in die unbedingt Zimmercallas
gehörten – und dem weißen Bärenfell zu Tode langweilte.

Gay versank im alles verschlingenden Pastell der Einrichtung. Ihr war klar, dass sie die Wohnung nicht mochte, aber aus Eitelkeit blieb sie eine ganze Weile dort – es war zu schön, Freunde in ein Zuhause einzuladen, das offensichtlich so viel Geld gekostet hatte.

In der Eingangshalle verbarg sich ganz bescheiden das einzige französische Telefon[3] von New York. Der Aufzug war selbst zu bedienen, was in Gays Kreisen als sehr *recherché*[4] galt und von vornehmer Verachtung für amerikanisches Kommerzdenken zeugte. In der sorgsam verblassten Pracht ihrer Wohnung verbrachte sie wahrscheinlich Ewigkeiten mit Warten, obwohl sie einen Terminkalender führte und sich, wenn man sie zum Tee einlud, auf die Suche nach einer Lücke am Mittwoch oder Sonntag machen musste. Auf dem marmornen Kaminsims lag ein lila Adressbüchlein, übervoll mit Telefonnummern und Vorwahlen von Neapel bis Nantucket. Sie kannte *couturières* und Exilanten, Millionäre und Friseurinnen, Restaurants in Rom und die Ferienvillen der Produzenten. Ihre Bemühungen um Struktur vermittelten ihr das Gefühl, ein geregeltes Leben zu führen. Wer einmal in dieses Büchlein eingetragen war, zählte fortan zu Gays Freunden, stand rein theoretisch für Bridge-Abende und Atlantiküberquerungen zur Verfügung und konnte bei unvorhergesehenen Notfällen angerufen werden, beispielsweise wenn zur Feier des 4. Juli in Timbuktu noch ein Teilnehmer fehlte.

Doch trotz der vielen Namen und Nummern lebte sie meistens allein, und um die schmerzliche Einsamkeit zu lindern, lebte sie an mehreren großartigen Orten gleichzeitig. Ein Jahr lang stand sie in London auf der Bühne, währenddessen leistete sie sich ein möbliertes Apartment in Paris und unzählige Reisen nach New York. Sie war immer in Eile und schwer zu fassen, was sie umso geheimnisvoller machte.

Gay *en route* – das bedeutete zahllose Hutschachteln, Berge von Taschentüchern, hektische, in einer fremden Sprache geführte Telefonate, Besuch von überraschten Freunden, die sie ewig nicht gesehen hatten und nichts von ihren Reiseplänen wussten, und immer auch von Zeitungsreportern; sie mochten Gay und dachten sich kleine, wichtig klingende Geschichten über sie aus. Über den Texten fand sich stets ein Foto von ihrem frisch frisierten Kopf, denn seinerzeit war es Mode, ganz bescheiden nur Köpfe abzubilden, und immer stand vor ihrem Namen ein «Miss».

In Paris lebte sie aus einem mit blauem Samt ausgeschlagenen Schrankkoffer. In einer Ecke des bankettsaalgroßen Badezimmers stand eine ungemütlich kalte Wanne, deren fein ziselierte Zerbrechlichkeit an verlorene französische Glanzzeiten erinnerte, und Gay schaffte es nicht einmal mit ihrer Sammlung aus Fläschchen und Zerstäubern und bunten Morgenmänteln, so etwas wie Gemütlichkeit zu verbreiten. Neben dem Bad lag das in Grau und Gold gehaltene Wohnzimmer, in dem sich eine Gruppe von Südamerikanern scheinbar dauerhaft eingerichtet hatte. Auf den Marmortischplatten drängten sich Champagnercocktails und Vasen mit riesigen purpurfarbenen Rosen, mit Blüten wie aus Papier und Stängeln so dick wie Pfeifenstiele.

Neben Gays Bett stand ein Foto ihrer Nichte; das kleine Mädchen hatte Gays weit auseinanderstehende Augen und wirkte im riesigen Rechteck des roten Lederrahmens ein wenig verloren.

Die Hotelsuite fand Gay weniger erdrückend als ihre New Yorker Silberzimmer, denn hier gehörte ihr nichts. Sie konnte Fettcreme in die Handtücher schmieren und sich die Schuhe auf der Badematte abtreten.

Zu der Zeit war sie krampfhaft bemüht, an etwas festzuhalten, was niemals klar umrissene Form angenommen hatte – die Vergangenheit. Sie sehnte sich nach etwas Greifbarem, sie wollte sich sagen: «Das ist wirklich passiert, das habe ich erlebt, es fällt in diese oder jene Kategorie, diese Erfahrung besteht in meiner Erinnerung fort.» Doch die Ereignisse, die zusammengenommen ihr Leben ergaben, ließen sich nicht miteinander in Verbindung bringen, und wenn sie ans Altern dachte, fühlte sie sich, als wäre sie eben erst geboren worden; aber nicht in eine Familie oder ein sicheres Zuhause hinein, in dem man sich hätte einrichten oder gegen das man hätte rebellieren können. Die Zusammenhanglosigkeit ihrer Tage machte es ihr unmöglich, von etwas wirklich überrascht zu sein oder den Dingen mit etwas anderem zu begegnen als maßloser Toleranz. Mit anderen Worten: Ihr Geist litt an Langeweile.

Auf dem mit blauem Samt ausgeschlagenen Schrankkoffer hatten sich bald so viele Hotelaufkleber angesammelt, dass er abgeschliffen und neu lackiert werden musste. Danach füllte Gay ihn abermals mit hauchfeinem, sonnenbrandrotem Crêpe Georgette im Wert von dreitausend Dollar und einer Statue, für die sie einmal bis nach Florenz gereist war, und machte sich auf den Weg nach Biarritz. Sie war mutig und beherzt; sobald sich in den Ecken ihres Lebens zu viele Waschzettel und Zigarettenkippen angesammelt hatten, brach sie zu neuen Orten auf. Begleitet wurde sie dabei von ständig wechselnden steif gestärkten Dienstmädchen, deren jeweils aktuelle Vertreterin Gay seit vielen Jahren zu beschäftigen vorgab.

Sie war der Meinung, dass man sich an seine Umgebung anpassen und das Alte wertschätzen sollte. Der zwanghafte Drang, Dinge wertzuschätzen, entsprang einer konkreten Erfahrung: In der Rückschau musste sie sich eingestehen, dass vieles, mit dem sie instinktiv nichts hatte anfangen können, von allgemein anerkanntem Wert war.

Als Gay in jenem Jahr aus Biarritz zurückkehrte, war sie sehr blass. Sie zählte zu den wenigen Menschen, die stundenlang am Strand sitzen können und danach trotzdem bleicher sind als zuvor. In Gays Fall handelte es sich um eine grausame Form angelsächsischer Selbstdisziplin. Sie war im Winter hawaiibraun und im Sommer so weiß wie das Polarfuchsfell am Kragen ihrer exquisiten Mäntel.

Wäre sie älter geworden, hätte sie irgendwann unzählige Spitzenschirmchen besessen, lange Handschuhe in Beige, Hüte mit breiter Krempe und vielleicht sogar einen Papagei. Gay schätzte Stil mehr als alles andere im Leben, einen flatterhaften, femininen Stil, und sie wäre nie darauf gekommen, dass sie selbst so viel davon hatte, weil sie sich ausschließlich über andere Dinge den Kopf zerbrach: darüber, wie viele Kinder jemand hatte und wie viele Millionen er verdient, wie viele Rollen jemand gespielt oder wie viele Löwen er gebändigt hat.

Das Herumziehen nahm viel Zeit in Anspruch, und in New York geriet Gay in Vergessenheit, wie alle Leute, denen man nicht regelmäßig über den Weg läuft. Andere Mädchen aus jüngeren Tanztruppen kamen, sie hatten große, klare Augen und ein jungenhaftes, befreites Lachen; von Gay war immer weniger zu hören. Wenn man sich nach ihr erkundigte, erntete man verständnislose Blicke oder ein längeres Zögern, als wisse der Gefragte nicht genau, ob er nun Neuigkeiten von Gay haben sollte oder nicht; ihr gesellschaftlicher Status war seltsam ungeklärt. Im Gespräch machten die Leute sie älter, als sie war – vor allem manche Männer, die sich insgeheim wünschten, sie möge einer abgeschlossenen Vergangenheit angehören.

So alt, wie die Leute sagten, konnte sie unmöglich sein, denn vor nicht allzu langer Zeit traf ich sie unter den Bäumen der Champs-Élysées. Sie sah aus wie eine Narzisse. Sie trug ein sportliches Etwas aus gelbem Leinen spazieren und stank nach Zitrusparfüm und Bacardi. Sie wollte mich nicht zum Tee begleiten, denn ihr Lieblingsfriseur war seit Längerem krank; sie war gerade dabei, ihm Geld zu bringen, das er für einen Monat auf dem Land benötigte.

Bevor ich ansatzweise damit fertig war, die kunstvollen Abnäher des gelben Etwas zu bewundern, das Gay wie auf den Leib geschneidert war, zog es sie schon weiter über die breite Avenue, hinein in den Sprühregen der Brunnen und das Leuchten der hellen Blumen im Schatten, in das verwirbelte Schleierblau des

Himmels und den aufregenden Duft, der Paris an einem Sommerabend ausmacht. Ich fand, dass sie blass und schmal aussah, aber Gay war immerzu auf irgendeiner strengen Diät, um ihre schöne Figur zu halten. Das lange Darben langweilte sie so sehr, dass sie regelmäßig wilde Zechgelage veranstaltete, in deren Folge sie zwei Wochen zur Erholungskur musste. Der ständige Kampf zwischen dem Wunsch nach körperlicher Vollkommenheit und dem Wunsch, sich ihrer zu bedienen, hatte sie ausgezehrt.

Die nächste Neuigkeit über Gay erfuhr ich aus der Zeitung, sie stand ganz unten auf der Titelseite. Es handelte sich um eine Todesanzeige aus Paris. Die Zeitung hielt sich bedeckt, von einer Lungenentzündung war die Rede. Später traf ich eine ihrer alten Freundinnen, die kurz vor ihrem Tod bei ihr gewesen war und mir erzählte, Gay habe sich das Baby gewünscht. Nun, das Kind hat überlebt. Und auch Gay lebt weiter – in den vielen ruhelosen Seelen, die auf ihrer mondänen Wallfahrt über die Kontinente ziehen, die in muffigen Kathedralen nach dem verlorenen Zauber gebräunter Rücken und sommerlicher Strände suchen, die sich nach Stabilität und Pflichterfüllung sehnen, ohne recht daran zu glauben; in allen Menschen, die eine Schiffsreise zu einer ungezwungenen Angelegenheit mit Abendgarderobe und Diamantschmuck machen und das «Ritz» zu dem, was es ist.

Sie war sehr mutig – stets kühner als das, was ihr im Leben zustieß –, und das Kind hat sie vermutlich gewollt, weil der Mut dazu neigt, nach außen zu drängen. Aber es muss furchtbar gewesen sein, ganz allein unter dem vergoldeten Stuck eines Pariser Hotels zu sterben, egal wie kostbar das Gold war und wie gewohnt der Anblick.

Gay hatte in der ständigen Sorge gelebt, die Romantik könnte ihr abhandenkommen, doch sie hätte nicht dafür sterben dürfen: Sie war eine zu gute Gefährtin und zu hübsch.

EIN SÜDSTAATENMÄDCHEN

Stoisch erstreckt sich der Süden meilenweit um Jeffersonville, lange Lehmstraßen ziehen sich über sanfte, von vereinzelten Kiefern bewachsene Hügel, vorbei an endlosen leeren Baumwollfeldern und einsamen Häuschen auf sandigem Grund, und in der Ferne lassen sich bläuliche Berge erahnen. Die Stadt liegt verloren an einem breiten, braunen, wirbelnden Fluss, der an hohen, roten Böschungen vorbeischießt. Die unteren Äste der Uferbäume ragen über den braunen Schaum, und aus dem Spanischen Moos fallen kleine Insekten mit harter Schale in die trägen, länglichen Schatten auf dem Wasser. Brauner Schlamm steht zwischen den Pflastersteinen der Jackson Street, die sich melancholisch am Ufer entlangschlängelt, gesäumt von verfallenden Werften aus einer Zeit, als die Schifffahrt auf dem Fluss noch florierte.

Im Frühling steigt die braune Flut, und mit ihr Schaum, Federfusseln und zarte Zweige, bis an den Gully vor Jeffersonvilles größtem Hotel; dann wissen die Stadtbewohner, jetzt stehen die roten Talsohlen im Umkreis von vielen Meilen unter Wasser.

Glyzinienranken neigen sich im Sommer bis auf den Asphalt hinunter, und die jungen Leute gehen in den lauwarmen Nebenflüssen baden. Abends im Drugstore leuchten die Organzaröcke der Mädchen wie bunte Ballons unter den großen Ventilatoren. In der Dämmerung parken Autos in langen Reihen vor offenen Holzveranden, und das Geklapper aus den Küchen, wo das Abendessen gekocht wird, zieht durch die weiche Dunkelheit hinaus in eine junge Welt, in der sich alles Leben im Freien abspielt. Telefone klingeln, die spitzenbesetzte Schwärze der Baumschatten spuckt junge Mädchen in Weiß und Rosa aus, die über letzte Flecken aus Licht dem Klirren mit einer Vorfreude entgegeneilen, wie man sie nur an Orten kennt, wo nichts passiert als das Angenehme.

Und in Jeffersonville scheint praktisch gar nichts zu passieren; die Tage verstreichen, liegen faul und flüsternd in der Sonne. Ein Lynchmord, eine Wahl, eine Hochzeit, eine Naturkatastrophe, ein wirtschaftlicher Aufschwung werden als gleich wichtig behandelt, als abgerundete, in sich abgeschlossene Ereignisse, die in der schweren, weichen Luft verstauben. Die lähmende Hitze lässt nur sporadische Anstrengungen zu, jeder Wettbewerb verläuft sich in Planlosigkeit.

In meiner Jugend säumten Nadelkissen aus Rasen den schnurgeraden Ziegelpfad vor dem Haus State Street Nummer zwanzig. Zwei rissige Betonstufen führten auf den Gehweg aus weißen und blauen achteckigen Pflastersteinen hinunter. Die Wurzeln der riesigen Ulmen sprengten den Stein, und wenn wir Kinder nach der Schule nach Hause rannten, stolperten wir über die Risse. Das Haus war jämmerlich klein, bedenkt man, dass es große Familien beherbergen musste, deren Mitgliederzahl schneller wuchs als das Familieneinkommen; Verpflichtungen neigen nun einmal dazu, im Vergleich mit den Hoffnungen und Fähigkeiten, aus denen heraus sie eingegangen werden, überproportional zu wachsen.

Im Haus Nummer zwanzig teilte sich Harriet mit ihrer kränklichen Mutter und der kleinen Schwester ein Zimmer, das auf eine rückwärtige Veranda mit Blumengittern hinausging. Der Rest des Hauses, die vielen Zimmer und verwinkelten Kammern, die Flure und die Stauflächen unter den Treppen waren vermietet. Es handelte sich um eine Pension der heimeligen Art, familiär wie ein heiteres Sonntagsessen, und während wir heranwuchsen und Harriets Mutter nach und nach zur Invalidin wurde, fiel Harriet immer mehr Verantwortung zu. Ein Mieter, der beim Einzug noch unfreundlich gewesen war, entwickelte spätestens am langen Esstisch ein scheues Draufgängertum, das sich partout nicht mehr ablegen ließ, selbst wenn er merkte, dass eigentlich kein Platz dafür war; Harriet hatte mit ihrer Halbtagsstelle als Lehrerin und all ihren Verehrern genug um die Ohren. Junge Männer, die auf ihre Verheiratung warteten, alte Paare, die von einer einzigen Eisenbahnerrente leben mussten, der fröhliche Haufen, der abends hereinschneite und im Wohnzimmer am Ofen saß – sie alle fühlten sich getröstet und beruhigt von Harriets spöttischer Jovialität und ihrem wiehernden Lachen, mit dem sie sich über jede Art von Überheblichkeit lustig machte.

Ihr Umgang mit den Alten war unbefangen, aber tadellos. Allen Übrigen gestand sie das benötigte Maß an Selbstbetrug zu, solange die Leute nur ihren Seelenfrieden fanden und sich nicht an Harriets lautem Lachen störten, das mit einem Kichern begann, als würde sie gekitzelt, und mit einer Reihe fast schon hysterisch klingender Schluchzer endete. Dabei war Harriets Lachen in Wahrheit tief in Müdigkeit und Überanstrengung verwurzelt; und obwohl sie uns damit auf die Nerven ging bis zu dem Tag, als wir zum letzten Mal das Tor unserer Highschool mit der blinden Venus auf der einen und der Gipsminerva auf der anderen Seite durchschritten, muss man zugeben, dass sie ihre eigenen Nerven auch niemals schonte.

Die Leute fragten sich lange Zeit, warum sie nicht einer befriedigenderen oder aufregenderen Tätigkeit nachging, als zu unterrichten und eine Pension zu betreiben. Allen schien es eine Verschwendung von Tatkraft und Talent zu sein. Wahrscheinlich lag es daran, dass Harriet unfähig war, loszulassen; sie konnte keine noch so kleine Idee oder Lebensphase aufgeben, bevor sie damit vollständig abgeschlossen hatte. In der Schule hatte sie gelernt, man müsse so lange an einer Sache dranbleiben, bis das gewünschte Ergebnis sich einstellte, und so beackerte sie den harten Boden und das hoffnungslose Flickwerk ihrer vielen Pflichten, anstatt sich einer großen Gesamtaufgabe zuzuwenden.

Jeder Ort hat seine eigene Stunde: das winterliche Rom im glasigen Mittagslicht, Paris unter dem blauen Frühlingsflor der Abenddämmerung, New York mit seinen rot glühenden Häuserschluchten bei Sonnenaufgang. Auch Jeffersonville besaß – und besitzt vermutlich bis heute – eine Stunde und eine Stimmung, wie sie nirgendwo sonst zu finden ist. Sie setzte im Frühsommer gegen halb sieben am Abend ein, wenn die Straßenlaternen an den Kreuzungen flackernd erwachten, und sie dauerte an, bis die großen, weiß glühenden Kugeln von innen ganz schwarz waren vor lauter Motten und Käfern und die Kinder von den staubigen Straßen ins Haus gerufen und zu Bett geschickt wurden.

Die Blätter der Ulmen schablonierten ein schwarzes Fries auf den Gehweg, und hemdsärmelige Männer ließen hohe, warme, nach Gummi riechende Wasserbögen auf Prunkwinden und Bermudagras niedergehen, bis die Luft von einem frischen Grasduft erfüllt war und die Damen hinter den dichten Blumenranken eine kurze Weile ohne Fächer auskamen. Die ganze Stadt wartete auf die abendliche Neun-Uhr-Brise und lag so reglos da, dass man die scharrenden Räder der Straßenbahn, die sich bergan mühte, noch sechs Straßen weiter hören konnte. Die Mädchen, die sich in den Häusern auf den Tanzabend vorbereiteten, hatten die Wahl zwischen schweißtreibender Hitze und den krampfartigen Windstößen aus dem Ventilator.

Eines Tages, das Land war noch im Krieg und Harriet erst neunzehn und eine Novizin, was die abendlichen Vorbereitungen betraf, klingelte es an der Tür. Sie öffnete in blauer Pumphose und riesigem Badetuch, denn ein Klingeln um kurz vor neun konnte nur bedeuten, dass ein Telegramm abgegeben wurde oder etwas Ähnliches, jedenfalls würde man die Tür nur einen Spaltbreit öffnen müssen. Harriet versteckte sich hinter dem Türblatt, streckte den Kopf dahinter hervor und erblickte Dan Stone, dessen Gestalt vom Flurlicht aus der Dunkelheit geschält wurde. Er war Soldat, groß und breitschultrig, hatte die muskulösen Beine eines griechischen Athleten, ein hübsches Ohio-Gesicht, ein kantiges Kinn und eine Arena voll weißer Zähne.

Hinter ihm stand ein Mädchen. Harriet konnte selbst in der Dämmerung auf den ersten Blick erkennen, dass sie nicht aus dem Süden stammte. So wie ihr Haar glänzte, konnte es unmöglich jemals mit dem schlammigen Wasser eines Nebenflusses in Berührung gekommen sein, und ihr dunkles, elegantes Kostüm saß tadellos, weil der Schneider nicht alle halbe Stunde eine Pause hatte einlegen müssen, um sich von der Hitze zu erholen. Wie jedes Mal, wenn eine Situation ein Abenteuer zu versprechen schien, frohlockte Harriet, wenn auch beschämt. Sie lachte, er lachte, und ihre spontane Verschwörung waberte über die Veranda, bis selbst die grauen Augen hinter seiner Schulter sie bemerkten.

Er erklärte Harriet, wer er sei, dass die wolkenlosen Augen und das makellose *tailleur* seiner Verlobten gehörten und dass eine Hotellobby voll geraffter Nationalflaggen, Khakimützen und Rotkreuzplakate kein Umfeld für seine Braut sei. Seine Mutter habe sie in den Süden begleiten wollen, sei dann aber erkrankt. Sein Regiment werde jeden Moment ausrücken; ob es Harriets Mutter möglich sei, irgendwo zwischen warmen Biskuits, kaltem Eistee und frischem Gemüse ein Plätzchen für Louise zu finden?

So kam es, dass Louise und Harriet für drei Wochen – eine lange Zeit im Krieg – unter einem Dach als Freundinnen lebten. Harriet führte Louise in die sonnengelben, vertrödelten Spätnachmittage von Jeffersonville ein; sie nahm sie mit auf Autofahrten entlang der Pfeifenstrauchhecken, unter denen eingedellte Früchte verfaulen; sie weihte sie ein in die herbe Süße der Coca-Cola, die neben dem Gemischtwarenladen in großen, mit Eis gefüllten Holzfässern aufbewahrt wird; in den köstlichen Dunst der mexikanischen Hotdog-Stände und in alle anderen Geheimnisse einer Stadt, die, um der Hitze zu entgehen, neun Monate im Jahr unter einem Gewölbe aus vierblättrigen Heckenrosen schläft.

In Jeffersonville kannte jeder jeden; wir wussten, wer wie schwamm oder tanzte und wann er wieder zu Hause sein musste; wir wussten, was der andere am liebsten aß und trank und was seine bevorzugten Gesprächsthemen waren, und wir alle hatten uns gegen die größere, stärkere, ältere, uniformierte Jugend zusammengeschlossen, die neuerdings aus reiner Langeweile unsere Eisdielen und Tanzveranstaltungen belagerte und die zwanglose Gelassenheit unserer Gemeinschaft infrage stellte, die darauf gründete, dass alle zur selben Zeit dasselbe taten. Um fünf gingen wir schwimmen, weil das gleißende Sonnenlicht auf dem Wasser vorher zu stark war; aber mit der Ankunft dieser Truppe aus kälteren Klimazonen machten unsere gewohnten Rituale des Fünf-Uhr-Bades und der Sechs-Uhr-Erfrischung uns plötzlich verlegen, und wir entwickelten derart entschlossen neue, dass selbst die langbeinigen, freundlichen jungen Männer von Jeffersonville kaum noch Schritt halten konnten.

Auf einmal herrschte Frauenmangel. Junge Mädchen, die für Jeffersonvilles Geschmack eigentlich zu hochgewachsen oder zu spröde waren, wurden aus ihren altjüngferlichen Beschäftigungen gerissen und mussten mit den Soldaten tanzen, damit diese sich in lauen Sommernächten nicht ganz so einsam fühlten. Und wie es erst den beliebteren Mädchen erging! Harriets Veranda bog sich unter dem Gewicht der Uniformierten. Die Pension sah aus wie ein Rekrutierungsbüro.

Während der Wochen, die Louise in den weinumrankten, schwülwarmen Tiefen des Südens verbrachte, lungerte Dan ständig in der Pension herum. Er hing über die Holzgeländer gebeugt wie eine schlaksige Gummipuppe, oder er wartete grinsend an der Treppe, bis die Mädchen aus einer Puderwolke traten; das Quieken und Türenschlagen begann, sobald sie ihn unten im Flur gehört hatten. Er kam jeden Abend in der Glühwürmchenstille vor dem Essen, und er blieb, bis die Straßenbahn ihre letzte Fuhre Sommerlicht durch dämmrige Straßen bis hinaus ins Camp karrte.

Anfangs hielten er und Louise sich zurück, wenn wir, der faule Haufen, mit der Fliegentür knallten und lachten und lautstark die Pläne für den Abend diskutierten. Die beiden aßen in der Stadt zu Abend, unter Ventilatoren so groß wie Flugzeugpropeller; sie saßen da und warteten, bis die dampfenden Maiskolben abgekühlt und die Eiscremekugeln geschmolzen waren, denn sie brachten in der üppigen Treibhaushitze kaum einen Bissen hinunter. Doch nach und nach erlagen auch sie der rastlosen Trägheit auf Harriets Veranda. Dan gefiel es hier, und Louise mit ihren schwarzblauen Haaren und den Aquamarinaugen fand sich immer öfter allein und verwirrt zwischen animalisch riechenden Männern in Khaki und weißen, halbtropischen Blüten mit schwerem Duft wieder. Aus einer dunklen Ecke rollte Dans volles, mitreißendes Lachen heran wie Donnergrollen, und dann folgte aus demselben samtenen, geometrisch abgezirkelten Schatten Harriets freches, freundliches, spöttisches Wiehern.

Sie waren ständig zusammen, aber während der Tage vor Louises Abreise legte sich so etwas wie Ratlosigkeit über das Trio. Anscheinend wurde Dan von einer Art Ehrlichkeitszwang getrieben, Louise in Harriets Beisein zu kränken und zu verletzen. Nicht dass er mürrisch oder unhöflich gewesen wäre, aber seine derbe, entfesselte Art musste sie zwangsläufig erschrecken; Louise empfand ihn als maskulin und einschüchternd, Dan hingegen hatte das Gefühl, einfach nur er selbst zu sein. Sie konnten sich nicht einmal mehr darauf einigen, warum sie nicht mehr glücklich miteinander waren.

Als die Zeit gekommen war, an einem heißen Nachmittag um fünf, begleitete er Louise im Stechschritt über die aufgequollenen Holzplanken des Bahnsteigs zu ihrem Zug, einem langen, schlanken Ding, das wie ein Rennpferd einen Eigennamen trug. Bis zur Abfahrt saßen sie einander auf kratzigen, mit grünem Stoff bespannten, rußfleckigen Sitzen gegenüber und lösten die Verlobung. Die kühle Zuverlässigkeit aus Stahl, Lichtblenden und summenden Ventilatoren flößte Louise so viel Selbstvertrauen und Mut ein, dass sie Dans Wunsch nach Trennung akzeptieren konnte. Und der Anblick des Karrens mit tropfenden Eisblöcken, der an der dampfenden Lokomotive stand, des trägen, schlammigen Flusses neben den Gleisen und des gedrungenen Bahnhofsgebäudes aus rotem Backstein, hinter dem sich die schläfrigen Gepäckträger im Schatten des Depotschuppens ausruhten, bewahrten Dan davor, ein allzu schlechtes Gewissen zu haben, weil er Louises Zukunftspläne, die sie zwei Jahre lang geschmiedet hatte, mit wenigen Worten zunichtemachte. Als ein heiseres «Einsteigen, bitte!» vom hinteren Ende des Zuges über den Bahnsteig schallte, schwang Dan sich ohne Reue aus dem Waggon.

Nur zehn Minuten später als üblich stand er wieder vor Harriets Haus, was in seinen Augen lediglich bedeutete, dass er seinen Stammplatz auf der quietschenden Verandaschaukel verloren hatte und Harriet ihr frisches Kleid aus rosa Organza schon zehn Minuten länger trug. Auf dem abwechselnd in Licht und Schatten getauchten Gehweg mischten sie sich unter die Flanierenden. Sie waren verliebt.

Monate später – der Krieg hatte sich auf die eine oder andere Weise selbst erledigt, Dan hatte in seinem Auslaufhafen New York auf eine Abreise gewartet, die niemals erfolgte, und unterdessen Stadtluft geschnuppert, und Harriet hatte ein Dutzend anderer Verehrer gehabt und hundert neue Sorgen – schrieb er ihr aus Ohio. Sie solle kommen und seine Mutter kennenlernen.

So lange waren sie nun schon verlobt, so viele Briefe hatten sie einander über so große Distanzen hinweg geschrieben, dass ihre Beziehung zur Kulisse des jeweiligen Alltags geworden war und mit dem eigentlichen Leben nicht mehr viel zu tun hatte; aber Harriet entschied sich trotzdem für die Reise und versuchte, sich an jene Momente zu erinnern, als sie und Dan einander entdeckt hatten. Im August, als Jeffersonville verlassen dalag, die Zeitungen vor verschlossenen Haustüren in der Hitze vergilbten, die vernachlässigten Rasenflächen in der sengenden Sonne Alabamas verdorrten und die Lichtreflexe auf den geschlossenen Fensterläden den ohnehin heißen Asphalt noch weiter aufheizten, brach Harriet gen Norden auf, um noch einmal in der Schönheit vergangener Vollmondnächte zu schwelgen. In Ohio hoffte sie Zypressensümpfe voll heiserer Frösche zu finden, funkelndes Mondlicht auf schwarzem, schaumigem Wasser, den Duft von Kiefernholzrauch aus den Schornsteinen abgelegener Hütten und, vor allem, jugendliche Anmut in Leder und Uniform – junge, fremde Soldaten, die Helden ihrer aufregenden Jugendjahre.

Dan, so schrieb sie nach Hause, habe in einer riesigen Bahnhofshalle aus Glas und Kacheln auf sie gewartet. Harriet fühlte sich an einen Operationssaal erinnert, sofort machte sich von ihrem Nacken aus ein beunruhigendes Gefühl breit und erschütterte die freudige Leichtigkeit, mit der sie ihm eigentlich hatte entgegentreten wollen. Die blau-weißen Strahlen aus dem Oberlicht des Bahnhofs trafen ungefiltert auf ihr Wangenrouge, das im weichen, verschwommenen Licht des Südens viel vorteilhafter gewirkt hätte, und selbst bei bestem Willen gelang es Dan nicht, jene Zweifel zu verdrängen, die einen Mann überkommen, wenn er sich einer Frau aus schlechteren Verhältnissen gegenübersieht. In bleierner Stille zogen von gestutzten Bäumchen und leuchtend weißen Fassaden gesäumte Alleen

vorbei, bis er ihr vor einem Haus mit einer schimmernden Tür aus Glas und Schmiedeeisen aus dem Wagen
half. Dahinter wartete seine Mutter.

Dans Mutter war so knapp, abweisend und schwarz-
weiß wie eine Buchseite. Harriet, die nur müde und er-
schöpfte Alte gewöhnt war, verfiel in Panik. Angesichts
der unzähligen silbernen Bilderrahmen an den Wänden
und der bunten Buchrücken in den Regalen ließ ihre
Konzentration bald nach, immer wieder suchte ihr
Blick hinter Blumenkörben und unter dem Bärenfell
Zuflucht. Schon der Anfang verhieß nichts Gutes. Am
liebsten wäre sie davongelaufen, und während ihrer
Tage in der roten Ziegelsteinvilla empfand sie bei jeder
Begegnung mit der Hausherrin den Wunsch, aus dem
nächsten Fenster zu springen.

Die Sommerabende verbrachte man im Kabarett oder
mit dem Abschreiten langer Reihen aus Geranien, die
in den Country Clubs die breiten Kieswege säumten.
Viele Leute waren verreist, und es fanden kaum Partys
statt, sodass sie am Ende sogar Louise besuchten, ein
Treffen zu viert um der guten alten Zeiten willen.

Manchmal fuhren sie über glatte Asphaltstraßen bis
zu einem Vergnügungspark. Diese Ausflüge gefielen
Harriet am besten, denn über dem Duft der geschmol-
zenen Popcornbutter, dem beißenden Pulverdampf der
Schießstände und dem süßlichen Metallgeruch der Ka-
russells schwebte ihr beider Lachen und hallte durch
die Abendluft wie ein Echo aus Kriegszeiten. Aber diese Momente waren selten.

Louise und Dan entdeckten Gemeinsamkeiten wieder, beispielsweise ihre Vorliebe für Korbstühle und

hohe Longdrinkgläser auf Clubterrassen. Inmitten des Klapperns der Golfschläger, von Autohupen und dem sanften Klimpern der Pokerchips im hinteren Teil der Bar verfielen sie nach und nach in nostalgisches, distinguiertes Schweigen.

Harriet erschien das Ganze wie ein Bild aus einer Illustrierten, wie eine Reklame mit dem Untertitel «In Palm Beach rauchen alle Melliflors», nur dass der Text hier «In Ohio gibt es die besten jungen Menschen, und mehr davon als anderswo» lauten müsste. Sie wunderte sich, wie derb ihr Lachen klang, und ihre eigenen lockeren Südstaatenmanieren ärgerten sie. Weil sie in den Augen der anderen so befremdlich wirkte, wurde sie sich selbst fremd. Sie, die niemals reich oder eine gute Partie gewesen war, hatte keinerlei Erfahrung mit der schützenden Förmlichkeit und Zurückhaltung der besseren Gesellschaft. Während der weißen Leinennachmittage fühlte sie sich wie ein Anhängsel.

Als die letzte Woche ihres Aufenthaltes anbrach, war sie erleichtert. Louise kam jetzt ständig zu Besuch, ihre Stimme huschte über die dicken Treppenläufer oder verfing sich in matten Diskussionen mit Dans Mutter; immerzu redeten sie über Ligen und Vereine und Organisationen, die sich der Vorbeugung von diesem oder jenem verschrieben hatten. Louise gehörte in dieses stille Haus. Das Kerzenlicht in den Rundungen der Silberschüsseln, das Funkeln des Goldtellers, auf dem die Erdbeeren lagen, die Erkenntnis, dass Wasser schwerer sein konnte als das Glas, in dem es serviert wurde, sorgten bei ihr nie für überwältigende Verwirrung oder das Gefühl einer erdrückenden Unzulänglichkeit, das war ihr von den ruhigen, dämmergrauen Augen abzulesen.

All das spürte Harriet, und sie war weniger verletzt und überrascht, als Dan gedacht hätte, als er ihr eröffnete, er wolle Louise heiraten. In dem Augenblick sehnte sie sich nach nichts so sehr wie nach den nackten Dielen von Jeffersonville, einem saftigen Sonntagsschinken, dem vertrauten Klappern des grün geränderten Porzellans auf dem Esstisch der Pension.

Als sie wieder zu Hause war, erzählte sie uns von den Clubs und den Autos und der Kleidung der Leute im Norden. Sie sagte, sie und Dan hätten sich einfach gegen eine Heirat entschieden. Sie könne ihre Mutter nicht im Stich lassen.

Kurz darauf verließ ich Jeffersonville, aber ich kann mir vorstellen, wie der Winter kam und die Leute in Harriets Wohnzimmer immer zahlreicher und vielleicht auch jünger wurden. Während der Weihnachtsfeiertage fielen die Collegestudenten dutzendweise ein, um Würfel zu spielen und herumzualbern und die Mädchen zu necken; wenn Harriet einmal ihre Ruhe haben wollte, musste sie das Haus verlassen. Bei den Bällen am Samstagabend hangelte sie sich von Arm zu Arm, ohne auch nur einen Schritt zu tanzen. Alle mochten sie, weil sie immer gute Laune hatte und niemandem je zu nahe trat.

Die alten Leute fragten sich, wie sie es schaffte, den ganzen Tag zu arbeiten, die ganze Nacht zu feiern, sich zwischendurch noch um die Pension zu kümmern und dabei immer freundlich und glücklich zu wirken. Sie sparte kleinere Beträge, um zwei Mal im Jahr in eine große Stadt zu reisen. Einmal hat sie mich während des Sommers in New York besucht. Sie lernte eine Art Französisch und kaufte sich sämtliche Modemagazine. Sie war fest entschlossen, sich über das Angebot von Jeffersonville hinaus zu bilden.

Fünf weitere Sommer und Winter zogen vorbei wie der Fluss, legten sich wie ein sanfter Nebel auf die Salbeibeete und die Rosenhecken und Süßgrasflächen der Stadt. Die Kinder, für die Harriet früher Anziehpuppen auf Papier gezeichnet hatte, bevölkerten die Tanzveranstaltungen im Country Club, und die meisten ihrer Altersgenossen waren längst selbst Eltern.

Gelegentlich fuhr ich nach Hause und traf die Frauen, mit denen sie aufgewachsen war und die sie, wenn sie am Bridgetisch saßen oder am Stubenwagen standen, vage bemitleideten. Sie spekulierten über die Gründe, warum Harriet nicht einfach diesen oder jenen Mann geheiratet hatte, warum sie den langen, kreidigen Vormittagen in der Grundschule und den sanften Klagen ihrer alten Pensionsgäste den Vorzug vor den vergoldeten Heizkörpern und dem geblümten Chintz eines gepflegten Vorstadtbungalows gab.

Die Leute zogen fort und kamen wieder; ihre verheirateten Freundinnen und die jungen Männer, die Harriet noch aus Kriegszeiten kannten, behaupteten, sie habe sich kein bisschen verändert. Die Leute, mit denen sie Umgang pflegte, wohnten jetzt in dem Ring aus teuren, weißen Bungalows, der sich um die Stadt gebildet hatte. Alle besaßen Cocktailgläser mit Silberrand, dinierten bei Kerzenlicht und mochten den Geschmack von Dosenkaviar. Sie veranstalteten Nachmittagstees und Abendessen und Partys für Fremde, die mit einer Einladung vom Club oder einem Empfehlungsschreiben in die Stadt kamen, oder um ein Konzert zu geben oder einen Vortrag zu halten.

Charles war einer von denen mit Empfehlungsschreiben. Er war Architekt. Jeffersonville ist für seine alten Treppenhäuser und Türoberlichter ebenso bekannt wie für seine Gastfreundlichkeit. Harriet lernte ihn auf eine lustige Weise kennen: Er stand eines Abends vor der Tür, das Flurlicht fiel auf seine breiten Schultern und eine Arena aus weißen Zähnen. Er war groß und lachte wie verrückt, weil sie ihm die Tür in ein paar zarten Wäschestücken mit riesigem Badetuch darüber geöffnet hatte. Sie hatte ja nicht ahnen können, dass er so unvermittelt auftauchen und nach einem Zimmer fragen würde. Sie lachten zusammen, und Harriets Angst, die Lust am Leben zu verlieren, huschte über die altersschwache Veranda davon, in die Flucht geschlagen von zwei Menschen, die herzlich und schallend um die Wette lachten.

Sie wurden ständig zusammen gesehen, und so wunderte sich niemand, als sie eines Tages durchbrannten und heirateten. Er lebte nämlich in Ohio und wollte nicht warten, bis die umständlichen Vorbereitungen für eine ordentliche Hochzeit getroffen waren. Das ist jetzt zwei Jahre her, und ich kann vermelden, dass sie glücklich sind – Harriet hat endlich das Glück gefunden, das sie immer gesucht und mehr als verdient hat. Sie wohnen in einem feinen Haus mit schmiedeeiserner Tür, zusammen mit seiner Mutter, einer sehr reichen und Respekt einflößenden Witwe in schwarzem Taft, und offenbar verbringt Harriet viel Zeit damit, sich für alle möglichen Ligen und Vereine einzusetzen.

Ihr Leben ist von Kerzenlicht und funkelnden Gegenständen erfüllt. Und natürlich hat sie ein Baby bekommen, groß und breit für sein Alter, das sieht man auf den Fotos. Sie hat den Kleinen Dan genannt, «denn», wie sie mir schrieb, «das ist der einzige Name, der wirklich zu ihm passt».

DAS MÄDCHEN,
DAS DEM PRINZEN GEFIEL

Helena sagte immer, von ihrem Vater sei ihr nichts geblieben als die große Standuhr im Flur, die mit der rührenden Abschiedsgravur seiner Angestellten. Dabei unterschlug sie die acht Millionen Dollar und den unermüdlichen Ehrgeiz, der ihn dazu angetrieben hatte, so beharrlich so viel Geld anzuhäufen. Außerdem hatte er ihr zwei geheimnisvolle, tief liegende Augen, dichtes Haar über einer hohen Stirn und eine waagerechte Falte zwischen Nase und Oberlippe vererbt, die sich zeigte, wenn Helena lachte. Besonders gut war das auf ihren Hochzeitsfotos zu sehen, als sie noch vollkommen unter seinem lebendigen Einfluss gestanden hatte.

Als ich sie kennenlernte, war sie schon siebenundzwanzig, und die Ecken und Kanten ihrer charismatischen Persönlichkeit hatten sich durch ein Pariser Mädcheninternat, sieben Jahre in Klatschmagazinen, zwei Kinder und die zahllosen Golfturniere, bei denen sie den zweiten Platz belegt hatte, abgeschliffen und geglättet. Gott weiß, welch kraftvolle Wirkung sie im Urzustand entfaltet haben muss! Einmal hat sie mir viele sepiabraune Fotos von einer riesigen Holzvilla gezeigt, die den pompösen Baustil der Achtzehnhundertneunziger auf die Spitze trieb und deren Grundriss wahrscheinlich aussah wie eine Achterbahn. In dem Haus

hatte sie eine stürmische, mutterlose Kindheit verbracht. Ich konnte sie mir mühelos beim Seilspringen
auf den umlaufenden Veranden vorstellen, wenn der
Sommerregen von der blechernen Dachrinne in die
breiten Hortensienbeete tropfte. Wahrscheinlich war
sie ein zierliches Kind gewesen, in dem damals schon
jederzeit und unvermittelt eine unerschöpfliche Energie
auflodern konnte; denn so war sie immer noch, als ich
sie Jahre später traf.

Anfangs fand ich das verwirrend, denn ihre Vitalität
war anders als bei anderen Menschen keine Frage der
Tagesform, sondern zeigte sich stets in neuer Gestalt.
Die lebhafte Aufregung, die sie ausstrahlte, wenn sie
jemanden brüskieren wollte, konnte zu einem schwefe-
ligen Leuchten hinter blassen Wimpern abkühlen und
in den wachsamen gelbbraunen Augen weiterglimmen,
als habe sie nichts mit Helena zu tun.

Auf diese Weise verschaffte Helena sich Macht über
andere: Sie saß da und beobachtete die Leute, bis alle
Angst vor ihr hatten, und dann gab sie sich auf einmal
wieder freundlich und frei und war so charmant, wie
sie eben noch Furcht einflößend gewesen war.

In dem Sommer, als ich am meisten mit ihr zu tun
hatte, war sie bereits Anwärterin auf den gesellschaftlichen Thron der großen, windigen Stadt im Mittleren
Westen, in die sie ihrem Mann nach der Hochzeit ge-
folgt war. Es war bestimmt nicht einfach gewesen, sich
den Ort zu unterwerfen, denn die Leute dort waren
furchtbar reich und schrecklich stolz auf ihren kostbaren Besitz. Diejenigen, auf die es ankam, hatten alles; in ihren Wintergärten züchteten sie zarte Gewächse

in meergrünen Schalen, und ihre Wände wurden von winzigen Lichtkugeln beleuchtet, wie sie nur die Architekten der Millionäre entwerfen können. Ihre Bäder waren aus Marmor oder extravagant gestrichen und wurden in «Town and Country» abgebildet, und in vielen Häusern glichen die riesigen, gedämpften Zimmer einer eleganten Hotellobby. Die Fassaden aus cremeweißem Stein und die asphaltierten Einfahrten, auf denen schwere, leistungsstarke Sportwagen herumstanden, legten sich um den Kreis der Erwählten wie eine Eisenkette, die Helena indes zu tragen schien wie Glasperlen. Die anderen liebten sie für ihre Lässigkeit.

Im darauffolgenden Winter ließen sich die Leute gern von ihr zu Dinnerpartys einladen, burschikose Veranstaltungen, bei denen Helena meistens den Atem anhielt in der Hoffnung, die Speisen könnten vom festgelegten Menü abweichen. Sie unterdrückte ihre Schuldgefühle, den Nachmittag nicht der Planung und Dekoration geopfert zu haben, verlor die Geduld mit den nordisch-trägen schwedischen Dienstmädchen, die das Essen auftrugen, und freute sich diebisch über das erste Missgeschick, das sie von der irrationalen Erwartung befreite, das Essen könne trotz der nachlässigen Vorbereitung doch noch perfekt werden, so wie die Anspannung in dem Moment von einem Sportler abfällt, da das Rennen begonnen hat.

Helenas Persönlichkeit war so stark, dass nicht einmal die unsensibelsten Gäste zur Ruhe kamen, solange sie nervös war; alle mussten warten, bis das erste Porzellan zu Bruch ging, bildlich gesprochen. Ihre Nervosität hatte nichts mit Schüchternheit zu tun. Ich habe erlebt, wie die Butler und anderen Bediensteten um sie herumwirbelten wie Schneeflocken, sobald sie zum Weihnachtsball erschien, und ich habe mich gefragt, woher sie diese spontane Autorität nahm, denn selbst bei den feierlichsten Anlässen sah sie nie anders aus als eine sehr junge Frau mit sehr sauberen Ohren.

Ihre winterlichen Verehrer behandelte sie alle mit der gleichen Gefühllosigkeit und Distanziertheit. Auf der Liste ihrer Bewunderer fanden sich nüchterne, geschäftstüchtige Tanzveranstalter; Männer mittleren Alters von graziler Gestalt und ergebener Verschwiegenheit; große, gepflegte Kerle aus New Orleans; dazu noch zwei oder drei bewunderte Pianisten und ein fast erstklassiger Tenor. Auch von Collegestudenten wurde sie umschwärmt – attraktive, zielstrebige Sportler zumeist, die vor den Komplikationen einer Liebschaft mit einem gleichaltrigen Mädchen zurückschreckten. Im Winter machte sie sich gnadenlos über diese jungen Menschen lustig, indem sie sie nacheinander zu ihren Partys einlud oder sie auf Schlittenfahrten begleitete, in fahlgelbe, flauschige Wolle gehüllt und mit Rehfellmokassins an den Füßen. Im Sommer küsste sie die Männer bei Spaziergängen am See; im von Kiefernnadeln zu zarten Spinnennetzen verwobenen Mondlicht am Ufer des breiten, kühlen Flusses; auf endlosen Landstraßen, wo die Sonne den Asphalt mit dem Gummi verschmelzen ließ und die Autoreifen während der Fahrt sirrten wie Telefondrähte.

Helena war viel zu eigen, um gern zu tanzen, und oft habe ich sie während der Samstagabendparty im Jachtclub, wenn ich auf der überdachten Terrasse stand, in

Flanellhosen am Anleger herumschlendern sehen; sie benötigte nicht mehr als ein paar knappe Gesten, um aus einem Anwärter für das diplomatische Korps einen hoffnungslos verliebten Gigolo zu machen, der plötzlich klang, als singe er eine Jazzballade. Wankelmütige, konsequente Helena! Aber den anderen erging es nicht besser.

In jener Zeit war es schwierig, einen Chauffeur zu finden und zu halten (ich glaube, sie hatten alle im Kongress zu tun), deswegen lieh Helena sich oft die großen gepolsterten Fahrzeuge berüchtigter Lebemänner aus, die dafür sorgten, dass in den Limousinen stets eine Vase mit Orchideen stand. In Helenas Garage war Platz für drei Autos, sie selbst besaß eines, das ständig kaputt war; aber sie zog es ohnehin vor, die Sachen der anderen zu benutzen, nicht um sich einen finanziellen Vorteil zu verschaffen, sondern weil es ihr ein Gefühl von Macht verlieh, andere für sich einzuspannen. Wie ein schöner General auf Inspektionsreise wählte sie für ihre Sonntagsbesuche nur die schicksten Wagen. Sie nippte hier am Eierlikör, knabberte dort einen Zimttoast und zog ihren grauen Pelzmantel hinter sich her wie die Schleppe einer griechischen Toga. Alles war grau, außer ihre schwarzen Wildlederslipper und sie selbst. Helena war roségold.

Den ganzen Winter lang beklagte sie sich, wie öde das Leben sei und dass sie einen Tapetenwechsel brauche. Die Leute hingen in verzückter Hoffnung an ihren Lippen wie Sünder, die zufällig eine Predigt hören.

Als der Sommer anfing, zogen alle, die den Sommer mochten, an den riesigen, klaren See in der Nähe der

Stadt hinaus. Dort wohnten sie hinter feuchtem Gestrüpp und hohen Kiefern in langen, flachen Sommerhäusern, deren Veranden lückenlos von Fliegengittern umgeben waren, sodass man gar nicht anders konnte, als an Käsewürfel unter einem Insektennetz zu denken. Alle kamen und spielten Golf oder gingen segeln oder hatten Kinder, die es vor der Hitze zu schützen galt. Junge Leute kamen, die zur Hochzeit von den Eltern weiße, im Grün versteckte Bungalows geschenkt bekommen hatten, und alte Leute, die das Plätschern des Seewassers am Ende ihres Stockrosenwegs mochten. All die Junggesellen kamen, die das fröhliche Tellerklappern und das Scheppern der Spindtüren in der Jachtclubumkleide mochten, und sehr viele attraktive, sonnengetrocknete Damen um die vierzig oder fünfzig mit großem Anhang, deren frischweiße Leinenkostüme an den Ledersitzen der Sportwagen festklebten, wenn sie in der Nachmittagshitze ihre aus der Stadt geflüchteten Männer einsammelten.

Bei so vielen Leuten ist es natürlich kein Wunder, dass im Sommer immer irgendwo eine Party stattfand. Helena gab sich keine große Mühe, selbst einzuladen; sie war zufrieden damit, ein vorbildlicher Gast zu sein, und verwendete ihre Energie lieber darauf, gut auszusehen. Ihr wichtigster Trick bestand darin, sich über ihre Umgebung lustig zu machen, was außer Haus viel besser gelang; war sie selbst die Gastgeberin, erhob sich ein Chor des Widerspruchs, wenn sie sich mit vor Schreck geweiteten Augen furchtbar abfällig über das Essen äußerte. Mitfühlenden Protest empfand sie als Hemmschuh; lieber war sie woanders, platzte mit unmöglichen Bemerkungen heraus und sorgte für Kichern und Getuschel am langen, mit weißer Spitze gedeckten Tisch.

Ich kann mich an einen Sommer erinnern, in dem Helena zum Golf ein grünes Kleid mit Applikationen trug. Wenn sie am ersten Tee stand und den Ball über den Rasen schlug, erinnerte ihr Anblick an saubere Wäsche, die im Märzwind an der Leine flattert, so wenig war von ihr zu sehen und so viel von dem Stoff, der sich auf dem Damebrett des Golfplatzes bauschte. Ihr festes Goldhaar versuchte gar nicht erst, in die Sonne zu entkommen, sondern schmiegte sich flach und glatt um ihren Kopf wie ein schützender Helm. Das und ihre gebräunte Haut und ihr nackter Tatendrang ließen mich an frisches Kiefernholz denken, während sie auf dem lang gezogenen Grün hin und her und von einem Sandbunker zum anderen driftete. Im selben Sommer sollte auf dem See eine große Regatta stattfinden. Kanadier in blauem Blazer und Amerikaner aus dem Westen und von den Great Lakes rauschten mit sonnengegerbten Gesichtern in eleganten Schnellbooten an, und alle waren fasziniert von Helena. Sie wirkte unheimlich glücklich, fuhr in ihrem großen Wagen herum, platzierte die Namenskärtchen beim Dinner, wählte das Orchester für den Tanz aus und tat die ganze Zeit so, als wollte sie mit den Vorbereitungen nichts zu tun haben.

Ich glaube, das war der letzte Sommer mit uns, der ihr wirklich Spaß machte, denn im Herbst, als die tiefen Wälder nach den Indianerlagerfeuern vergangener Zeiten dufteten und neben den staubigen Straßen die

Goldruten blühten, ließ sie sich immer seltener blicken. Sie fing wieder mit dem Reiten an und nahm das Golfspiel jetzt schrecklich ernst. Auch ihre Partys waren nicht mehr dieselben; manchmal fühlten einige der Eingeladenen sich unverhohlen unwohl. Normalerweise zwang Helena ihre Gäste sehr erfolgreich, jede Hemmung abzulegen und sich von der besten Seite zu zeigen, aber mittlerweile schien ihr selbst das egal zu sein.

Als die ersten lila Astern in der gelben Herbstsonne verdorrten, war sie von uns ganz offensichtlich so gelangweilt, dass sie manchmal mehrere Abende am Stück zu Hause blieb und die in Auflösung begriffene Truppe im Licht des scheidenden Sommermondes allein ließ – eine Truppe, die jeden Tag ein kleines bisschen weniger harmonierte, weil sie keine Anführerin mehr hatte; die in Grüppchen zerfiel, weil nun, da Helena kein Interesse mehr daran hatte, unser Mittelpunkt zu sein, ein jeder seiner jeweiligen Neigung nachging.

Nachdem wir alle in die Stadt zurückgekehrt waren, kaufte Helena ein neues Haus, ein riesiges Steingebäude mit einem Brunnen im Wintergarten und düsteren, mit Samt ausgeschlagenen Zimmern, die hochoffizielle Namen trugen: das Musikzimmer, die Bibliothek, die Studierstube. Die große Treppe in der Eingangshalle hätte in eine Botschaft gehört. Sie sagte, sie wolle das Haus entrümpeln; aber ich glaube, im Grunde wollte sie nur die Vertraulichkeiten einer Stadt abwehren, in der man in jedem bekannten Gesicht eine Familienähnlichkeit entdecken konnte. Was sie letztendlich entrümpelte, war ihre Freundesliste. Die Scharaden, die vor der dunklen Holzvertäfelung des Esszimmers aufgeführt wurden, wirkten im Schein der kostspieligen Kerzen zunehmend obszöner, und plötzlich hatten Helenas Partys den Beigeschmack des Verbotenen, wie es sich nur Leute im abgesicherten Alter leisten können.

Gut aussehende Männer, die vormittags ein Vermögen nach New York und San Francisco vertelefonierten, verbrachten ihre Abende bei Helena und flehten das Schicksal, die Natur oder Gott um ein verräterisches Aufblitzen im Perlencollier einer der anwesenden Ehefrauen an. Alle waren zu vertraut miteinander, um sich noch groß begeistern zu können, und so war es ein Kinderspiel für Helena, die mit der Unverfrorenheit eines Dreizehnjährigen schäkerte und deren Ehemann sehr duldsam war, sich für diese gealterte Schar von vergnügungssüchtigen Eisenbahnmagnaten, Bankiers und Großunternehmern unverzichtbar zu machen.

Nach Weihnachten, als der glasige Schnee grau wurde und die Kälte so unerbittlich, dass selbst in den größten Villen die Heizluft der vergangenen Woche stand, brachen sie und ihre Familie samt Hunden, Dienstmädchen, Chauffeur, Kinderfrau, Pflegerin und einem Butler, den ihr Mann ihrer Meinung nach unbedingt brauchte, nach Florida auf. Der Tross wird bei den Pressefotografen dieselben Assoziationen ausgelöst haben wie bei uns – der junge Prinz geht mit seinem Gefolge auf Reisen –, denn während der zwei Monate ihrer Abwesenheit waren in allen Zeitungen, die groß genug für einen eigenen Fototeil waren, sepiafarbene Schnappschüsse der Familie zu sehen.

Wir waren natürlich alle schrecklich neidisch und versicherten uns gegenseitig, wie albern und affektiert diese Angeberei sei. Und Helena hatte dem Ganzen die Krone aufgesetzt, indem sie im Sommer am See herumgelaufen war und so getan hatte, als verfügte sie nicht über den Einfluss und die Unabhängigkeit, die unendlicher Charme und unerschöpflicher Reichtum verleihen. Florida wurde zu einer Erfolgsserie. Man munkelte, zwei prominente New Yorker seien daran beteiligt, außerdem gab es Gerüchte über einen Törn auf einer berühmten Jacht; von Helenas weniger öffentlichen Triumphen ganz zu schweigen. Kein Wunder, dass sie uns langweilig fand, als sie im Spätfrühling in die von tropfendem, knirschendem Schneematsch bedeckten Straßen zurückkehrte. Sie schaute sich schon bald nach einer passenderen Bühne für ihr Talent um.

In Chicago hielt sie es keine zwei Wochen am Stück aus. Ich wohnte damals an der Ostküste und traf sie gelegentlich zum Lunch, wenn sie zum Einkaufsbummel einflog. Dann saß sie schmunzelnd und rauchend über ein Bett aus grünem Salat gebeugt; ihr Aufstieg auf der gesellschaftlichen Leiter ließ sich an ihrer vollendeten Frisur ablesen und an der stummen Eindringlichkeit ihrer makellosen Accessoires. Sie war schlanker und hübscher denn je, und noch furchterregender. Sie schaffte es, einen Menschen mit einem scheinbar harmlosen Kommentar über seine Marotten zu zerstören und einen anderen mit einem vermeintlich gutmütigen Witz über sein Aussehen zu vernichten.

Als ich sie zuletzt sah, das glatte, goldblonde Haar streng gescheitelt und über die Ohren gelegt, in den gelben Augen ein Versprechen von Sonne im Winter und kühlem Schatten im Sommer, schätzte ich, dass sie ihre Rolle noch gute zehn Jahre so weiterspielen würde. Aber dann begegnete sie dem berühmtesten jungen Mann Englands.

Mehrere Versionen der Geschichte waren im Umlauf. Angeblich hatte er sie auf einer Party in Chicago entdeckt und den Rest des Abends mit ihr allein im Licht des großen, scheinwerferhellen Mondes auf dem Balkon verbracht; sie ließen die Beine von der Renaissancebalustrade baumeln und witzelten um die Wette. Er blieb nur wenige Tage, aber nach seiner Abreise flatterten Gerüchte durch die Gegend wie Kolibris. Die Leute übertrieben maßlos und schützten Mitleid mit einem Ehemann vor, dem ein vergeblicher Kampf bevorstand. Sogar diejenigen, die sich bislang nie für Helena interessiert hatten, kamen plötzlich um vor Neugier und versuchten zu ergründen, was den jungen Mann, der alles besaß, derart verzaubert hatte.

Es dauerte nicht lange, bis Helena von ihren Zudringlichkeiten genug hatte und die Geduld verlor. Eines Morgens, nach knapper Vorwarnung, packte sie zusammen mit dem Rest ihrer Sachen den weißen, spitzenbesetzten Hauch von Nichts ein, den sie bei der Begegnung mit der jungenhaften Berühmtheit getragen hatte, stieg energisch über Chicagos gebeugten Rücken hinweg und bezog ein großes weißes Haus, das inmitten verschlungener Kiespfade auf dem teuersten Zipfel Long Islands stand.

An Sommerabenden, wenn New York im blauen Dämmerlicht einer versunkenen Stadt gleicht, überquerte sie auf der bogenförmigen Bücke wie auf einer drapierten Spitzenborte das Wasser, das Stenografinnen und amerikanische Kapitalistenfamilien voneinander trennt. Von dort aus konnte sie die Leuchtreklame für ein Produkt ihres genialen Vaters sehen, die vor elektrischem Stolz pulsierte. Einmal hat sie mir erzählt, beim Anblick des Schildes fühle sie sich sicher und geborgen. Im Grunde habe sie immer an die Ostküste gehört. Sie muss eine angenehme Vertrautheit gespürt haben, wenn sie aus dem großen Auto stieg und anhand der Stimmen auf der schattigen Veranda zu erraten versuchte, wer im Dunkeln auf sie wartete. Bestimmt klirrten Eiswürfel in beschlagenen Silberrandgläsern, der Duft von frischer Minze lag in der Luft, und alle Besucher würden in Helenas Bann geraten und zum sommerlichen Abendessen bleiben. Möglicherweise hatte sie ein wohliges Déjà-vu, wie wenn man sich an einem Ort wiederfindet, den man aus einem Traum kennt, dabei hatte sie dieses Leben eigentlich nie zuvor geführt. Sie hatte sich nie in diesem Strudel aus vielversprechenden Möglichkeiten und tollkühnen Zukunftsplänen treiben lassen, die New York so glamourös machen.

Dennoch war dies die Umgebung, in die sie hineingeboren worden war, und die Atmosphäre der Räume, in denen wir unsere frühe Kindheit verbringen, dringt durch die Stäbe unseres Gitterbettchens und in uns ein. Aber ich glaube, dass sie nicht einmal hier richtig glücklich war, am Ort ihrer Geburt. Die phosphoreszierende Rosigkeit der Reichen und Schönen hat etwas unendlich Verstörendes; das Versprechen von Sorglosigkeit und Überlegenheit für alle, die sich in der Nähe aufhalten, umgibt sie wie ein magisches Magnetfeld. Während ihres Triumphzuges über den halben Kontinent und zurück muss Helena Hunderten von Menschen begegnet sein, denen sie selbst solche Gefühle eingeflößt hatte; und nun, da sie mit einer Macht in Kontakt gekommen war, die ihre eigene noch übertraf, keimte in ihr der Wunsch auf, im rhythmischen Rattern von Eisenbahnen und auf den knarzenden Decks von Hochseedampfern nach jener Magie zu suchen.

Eines Abends traf sie ihn in Paris wieder. Ein plötzlicher Sommerregen setzte die *gala fleuri* im Château de Madrid unter Wasser. Er verwischte die Lichter der bunten Lampions wie eine Hand, die über nasse Fotografien streicht, und zwang die kunstvollen Schatten, ihre Geheimnisse preiszugeben. Aus dem Nebel der Fontänen, aus der Dunkelheit unter den Ulmen strömten die Inkognitos, die Maharadschas, die Akteure der jüngsten Skandale und ein paar Millionäre, die genau wussten, wofür sie ihr Geld ausgeben wollten. Und wie man das beste Weihnachtsgeschenk immer als letztes findet, weil es ganz hinten unter den Ästen des Tannenbaums verborgen liegt, so entdeckte Helena endlich sein jungenhaftes, von Regentropfen benetztes Gesicht in einem Streifen Licht. Von da an wurden sie in Paris oft zusammen gesehen.

Als für diesen berühmtesten aller Menschen die Zeit der Abreise gekommen war, sagte er wahrscheinlich zu Helena: «Nun, warum besuchst du mich nicht, falls du einmal in meinem Teil der Welt bist?» Und sie versprach es und hielt ihr Versprechen, denn kurz nachdem die schöne Zeit in Paris vorüber war, fand sie sich zufälligerweise in der großen grauen Stadt wieder, wo der magische Mensch in seinem Palast lebte. Er war furchtbar glücklich und freute sich darauf, sie wiederzusehen. Er lud sie zum Tee ein. Helena war bezaubernd; sie erklärte ihm, sie fürchte sich vor den vielen Butlern und Dienern und Lakaien und Wächtern, und er konnte sie nur zum Besuch überreden, indem er ihr zusicherte, alle wegzuschicken.

Stellen Sie sich Helena vor: Schlank, strahlend, forsch steigt sie aus einem gelben Taxi und steht vor dem Palast, der so groß ist und so viele Türme hat, dass man sich davor fühlt wie ein kleiner Menschenpunkt in einer biblischen Marktszene. Und stellen Sie sich den romantischsten jungen Mann unserer Zeit vor: Pfeifend sitzt er am Kopf der zweiten langen Treppe, und weit und breit ist kein Butler und kein Soldat und kein Lakai zu sehen.

Und seither habe ich nichts mehr von Helena gehört. Sie steht auf der Passagierliste der elegantesten Ozeandampfer und steigt für gewöhnlich im «Ritz» ab, wenn sie außerhalb der Saison New York oder Paris besucht, oder in einem kleinen, schlichten Hotel am linken Seineufer, das noch mehr kostet. Sie erkennen Sie sofort, wenn Sie ihr begegnen, am spöttischen Klang ihrer selbstsicheren Stimme und an Ihrer eigenen steifen Unbeholfenheit. Falls Sie berühmt sind oder reich oder sehr, sehr gut aussehend, wird sie Sie mit Beschlag belegen und gut unterhalten und Ihre Gefühle verletzen. Sollten Sie ihren Weg kreuzen, ohne dass Sie ihre Neugier erregen, wird sie einfach nur Ihre Gefühle verletzen, und Sie werden niemals in den exklusiven Kreis ihrer weltweit verstreuten Freunde aufgenommen werden, deren innere Schönheit erwartungsgemäß der äußerlichen entspricht.

Wenn sie fertig ist mit dem Reisen, wenn sie genug Empfindsame verstört und Störer empfindsam gemacht hat, werden Sie sie eines Tages vielleicht wiedersehen. Sie wird in venezianische Tücher gehüllt sein und sich an die raffinierteste Heizungsanlage schmiegen, die für Geld zu haben ist, und sie beendet ihre Geschichten mit dem Satz: «Aber natürlich ist es wahr, es ist mir selbst passiert!» Aber da wird sie schon eine sehr alte Großmutter sein, denn sie spricht nicht gern von sich und hat so wenig Sinn für Romantik, dass sie angeblich das Armband (das sie ewig aufbewahren wird, als Beweis dafür, dass die Romantik in der Welt noch nicht ausgestorben ist) zum Juwelier gebracht hat, um es schätzen zu lassen.

Ich frage mich, ob die Spiegelung des Palastes in den Tiefen der Edelsteine die Goldwaage zusätzlich hinuntergedrückt hat. Vielleicht ist der wahre Wert jedoch nur für Helena erkennbar: Die Steine erinnern sie an ihr bestes Märchen, und wenn das Leben ihr Zeit dazu lässt, erzählt sie es gern.

MÄDCHEN MIT TALENT

Die fiebrige Wintersonne tastete sich über die Keller-
treppe und ließ die Kanten der kalten Steinstufen so
scharf hervortreten wie kubistische Muster. Zaghaft
brachte sie die roten und grünen Glühbirnen, die ein
chinesisches Restaurant umrahmten, für eine kurze
Weile zum Leuchten. Sie rutschte auf dem vergoldeten Schild eines Kostümbildners im ersten Stock aus
und landete unter dem Vordach eines Theaters in der
vierunddreißigsten Straße. Sie schlängelte sich durch
den Lärm und die Abgase von Lastwagen und Taxis,
schmiegte sich an eine Drehorgel, an die gekachelte
Wand eines Speiselokals, an den gigantischen Zahn
über dem Eingang einer Zahnarztpraxis. Sie schlitter-
te durch den warmen, öligen Dunst, der aus einer Fri-
sierstube zog, und glitzerte im gläsernen Schaukasten
eines Billigfotografen. In kalter Berechnung ignorier-
te sie die Gasse, in die ich einbog – dort gab es keine Sonne, keinen Verkehr, lediglich ein Geflecht aus
Feuerleitern und eine schwerfällige, graue Stille, wie
man sie sonst nur von den Straßen in Dickens' Eng-
land kennt.

Es handelte sich um eine Theatergasse, gesäumt von
mit grünem Filz bespannten Türen; die Programmhefte
der letzten Matinee dümpelten als Schnipsel im Rinn-

stein dahin. Ich entdeckte ein grünes Leuchtschild mit der Aufschrift «Bühneneingang» und trat ein.

Im Theatersaal war es dunkel, ein Mädchen mit kurzem schwarzem Haar flitzte auf der schummrigen Bühne umher und steppte im Rhythmus eines Bergwasserfalls zur Melodie des größten Hits der Saison. In der Bewegung floss ihr das Haar aus dem schnippischen, ernsten Gesicht, als tauchte sie gerade aus dem Wasser auf. Dann hielt sie inne, ein Glucksen brach aus ihr heraus und hüllte sie ein. Unwillkürliche Gesten wie diese schienen sich über ihre naturgegebene Würde und Zurückhaltung zu stülpen und sie selbst ebenso zu überraschen wie den Rest der Welt. Diese Eigenschaft wurde von den Intendanten als der letzte Schrei gehandelt, das breitere, anspruchsvollere Publikum nannte es Charisma und der recht große Kreis ihrer Widersacher aus den Niederungen des Theaters einfach einen Mangel an Talent. «Na ja», pflegten diese Leute zu sagen, «sie *kann* eben nichts. Sie kann weder singen noch tanzen, und sie hat die Figur einer Bierflasche …» Wobei derlei verleumderische Schmähungen ihren Einzug in die Künstlergarderobe nicht verhindert hatten.

Lou bahnte sich einen Weg durch das Labyrinth aus Stahlkabeln, schlaffen Seilen und Bruchstücken einer Gartenkulisse bis an die kahle Betonwand, an der ich lehnte und wartete. Ich folgte ihren beherzten kleinen Trillern durch einen langen gemauerten Korridor voll elektrischer Schalter und Schilder zum Thema Rauchen, vorbei am Wasserspender, einem Stapel kegelförmiger Pappbecher und einem alten Mann, der auf einem Stuhl kippelte; an zwei Männern, deren Hände in den Hosentaschen steckten, und einer Apparatur zum Feuerlöschen, bis zu einer grauen Tür, an der auf Augenhöhe ein Stern prangte und darunter ein Rechteck mit dem aufgepinselten Schriftzug «Miss Laurie». Zwei weiche blaue Tutus bauschten sich als formlose Wolke hinter der Tür, eine Glühbirne schaukelte wie ein goldener Vogel in einem Käfig über einem langen Spiegel, an dem Postkarten und Zeitungsausschnitte klemmten. Ich entdeckte ein Gedicht, das jemand auf die Rückseite eines alten Programmhefts gekritzelt hatte, eine spitzenbesetzte, viktorianische Grußkarte zum Valentinstag, zwei lange Telegramme mit Mahnungen zur Sparsamkeit, ein paar Visitenkarten, ein Foto von einem niedlichen Kleinkind, das im gelockten Gras saß, und daneben ein Zeitungsfoto von einem gut aussehenden jungen Ehemann, reich und berühmt genug, um mehr als ein Viertel der Titelseite für sich zu beanspruchen.

All das gehörte ihr. Außerdem gab es ein freundlich lächelndes Dienstmädchen von den Bahamas, das nur wenig Pflichtbewusstsein ausstrahlte, und einen verführerischen Mantel aus grauem Eichhörnchenfell, der in einer Ecke über dem Heizkörper schwebte. Eine beeindruckend große Limousine wartete am Ende der Gasse. Ich konnte mir ein «Du Glückliche – du hast *alles*!» nicht verkneifen, als ich in Gedanken die fantastische Liste von Lous Besitztümern durchging. In diesem Moment trug sie ein Stirnband aus Gaze und versenkte die Finger in einer großen Dose Vaseline. Sie antwortete mir vom Spiegel aus: «Ja», sagte sie, «alles außer einem Cocktail. Lass uns etwas trinken gehen.»

Wir verließen die Theatergasse, in der unsere Schritte gedämpft nachhallten, und ließen uns vom schlingernden Rauschgold der Januarsonne eine kurze Treppe bis zum Eingang eines dunklen Speiselokals hinunterführen, wo es nach Orangensaft und Gin roch. Lous Tanzpartner war schon da und bemühte sich nach Kräften, in einer Qualmwolke zu verschwinden. Sie lachten, versetzten einander freundliche Klapse und unterhielten sich in einer Fachsprache, von der ich nur die Hälfte verstand. Sie mochte ihn sehr, das wusste ich, und wir amüsierten uns prächtig, dennoch wirkte sie so abwesend wie jemand, der bloß die Zeit totschlägt, bis der Fünfuhrzug kommt. Ihr Tanzpartner machte ihr halb zum Spaß den Vorwurf, sie trinke zu viel; schließlich wurde sie böse und wollte gehen. Draußen hielt sie am Bordstein inne wie ein vornehmer Jagdhund, der in der frühabendlichen Winterluft eine kosmische Witterung aufnimmt, und die hellsilbernen Schnallen ihrer Schuhe funkelten und blitzten vor Bewegungsdrang. «Ach, verdammt», fluchte sie, «Ich wünschte, es gäbe …»

Hoch über dem Central Park aß das niedliche Kleinkind Karottensuppe mit einer knusprigen Einlage, die den winzigen Mund in rhythmische Kreisbewegungen versetzte und damit die verblüffende Ähnlichkeit mit Lou fast aufhob. Ein Kindermädchen wie aus dem Bilderbuch beugte sich über den kleinen Korbstuhl, schwang den Löffel mit sanftem Nachdruck wie ein Dirigent und machte sich so seine Gedanken über den Verbleib von Madame. Im Tudorglanz und Eichenholzschatten des Wohnzimmers mit der hohen Decke saß ein gut aussehender junger Ehemann und spannte die kräftigen Muskeln seines berühmten energischen Kinnes vor Sorge an, bis die Haut darüber ganz weiß wurde. Drei kostspielige Kleider in Alice-Roosevelt-Blau drückten ihre funkelnden Knöpfe und Plisseefalten von innen gegen die Deckel der dezenten Transportschachteln.

Immer noch keine Lou – das heißt, keine Lou in dieser vornehmen, weitläufigen Wohnung. Keine lautstarke Lou unter der Dusche, deren Planschen und Glucksen und unmusikalisches Pfeifen von den sterilen Badezimmerfliesen widerhallt. Keine Lou, die verschüchtert und dennoch trotzig durch die undurchdringlichen Schatten der Wohnung streift, aufrecht und mit geraden Schultern, als müsste sie das Gewicht des Himmels darauf tragen oder sich gegen die Herrschsucht von Holzvertäfelung und Marmorkamin wappnen. Keine Lou, ein kleines Kind zu bedauern, das so viel Suppe essen muss.

In diesem Moment saß sie beeindruckend bewegungslos in einer beige gepolsterten Ecke ihrer gemütlichen Limousine. Vor ihren aufgerissenen Augen, die Löchern in einem zugefrorenen See glichen, zogen die Kreuzstichmuster der Hochbahnpfeiler und die Leuchtreklamen vorüber: rote und gelbe Blinklichter, grün glühende Quadrate und helle Linien, die Sterne und Wörter und Umrisse von Gegenständen bildeten. Wahrscheinlich dachte sie nach, oder vielleicht genoss sie auch nur die köstliche Schaukelbewegung, die Kinder im Auto mitsummen lässt; ich störte sie nicht. Wir schwiegen, während wir durch medizinische Gerüche und den Geruch von warmem Brot, von Benzin und Stadtstaub und heißen Bremsscheiben heimwärts glitten, durch all die verbrauchten Gerüche, die in die New Yorker Straßen entlassen werden, sobald das Korsett der Geschäftszeiten abgeworfen ist.

Wir waren spät dran, und als wir endlich ankamen, war ihr Ehemann furchtbar verärgert. Er hatte nur darauf gewartet, ihr gleich an der Tür eine Szene zu machen; von einer fremden Begleitung überrascht zu werden musste ihm das Gefühl geben, im Pyjama zum Ball gegangen oder an einem strahlend sonnigen Morgen im Smoking aufgewacht zu sein.

«Du kommst zu spät ins Theater», sagte er tonlos.

«Ich weiß. Ich werde mich beeilen. Sind die Kleider geliefert worden? Ich dachte, wir könnten alle zusammen zu Abend essen.»

«Zu Abend essen? Mein Gott, es ist acht Uhr! Aber zum Glück ist Gin sehr sättigend, nicht wahr?»

«Ohne jeden Mehrwert – ich meinte Nährwert. Ach, hör doch auf zu nörgeln. Ich nörgele nie, nie, nie!»

Die Schnallenschuhe schlugen einen lebhaften Takt, und in den großen, klaren Augen standen Tränen. Böse Worte flogen hin und her wie beim Pingpong. In seiner Strenge erinnerte das berühmte Profil an einen nordamerikanischen Indianer.

«Ich würde mir nichts daraus machen», sagte er, «wenn es nicht immer dieses räudige Theatervolk wäre. Ich kann nicht verstehen, wie Lou das erträgt – sie setzt sich diesen Leuten ja sogar auf den Schoß und himmelt sie an.»

Weil ich mich von diesem Rundumschlag irgendwie betroffen fühlte, hatte ich den Mut zu widersprechen.

«Es war einmal», fing ich an, «ein Haus aus Glas so klar, dass es fast wie ein Diamant ...»

Er erstarrte vor meinen Augen, nahm Haltung an, wünschte uns mit der ernsten Güte eines Pionierpfarrers, der seine Gemeinde entlässt, einen guten Abend und zog sanft die Tür hinter sich zu. Lou sagte nur: «Tja, so viel dazu», und mir schien, dass sie sogar jetzt noch fähig wäre, ein inniges Wiegenlied überzeugend vorzutragen. Der Winter schritt voran, in den Vogelfutterhandlungen an der Sixth Avenue stapelten sich Tulpenzwiebeln und Tüten mit Stiefmütterchensamen. Jähe Windböen rissen das Sonnenlicht in die Höhe und zerdrückten die violetten und gelben Blütenblätter in den Körben der Blumenverkäuferinnen. Lous Show war abgesetzt worden; ihr erfrischender Dilettantismus auf der Bühne hatte das launische New Yorker Publikum keinen ganzen Winter lang zu fesseln vermocht. Als ich las, dass die Show eingestellt worden war, vermutete ich, dass sie sich fernab der verhassten Theaterwelt in friedlicher Häuslichkeit verkriechen würde. Doch weit gefehlt. Im späten Frühling, wenn zwei Bekannte, die sich zufällig treffen, stets nur die eine Frage haben, nämlich: «Welches Schiff nehmen Sie?», lief ich Lou an einer Ecke der Fifth Avenue in die Arme.

«Oh, hallo», gurrte sie. «Wann stichst du in See?»

Hinter ihr bauschte sich ein graues Cape im Wind, sie sah aus wie aus einem Märchenbuch. Das kalte Sonnenlicht ließ die Metallknöpfe ihres Kostüms funkeln. Ihre Ausgelassenheit verriet mir, dass sie soeben eine Überfahrt gebucht hatte.

«Wir sehen uns drüben», versprach ich.

«Auf jeden Fall, schließlich tanze ich im ‹Les Arcades›. Du wirst dich dort blicken lassen müssen, wenn du mit *le monde* Schritt halten willst …»

Die Ampel sprang um, und sie eilte mit Kennerblick zwischen den stehenden Autos hindurch, wie ein Offizier, der einen Frontgraben inspiziert.

«Reist ihr zu dritt?», rief ich ihr nach.

«Oh, nein!», lachte sie, und dann hörte sie zu lächeln auf und wiederholte: «Oh, nein!»

Nun ist ein Pariser Nachtclub während der Hochsaison kein Spaß. Der Ernst fängt schon bei den Kellnern an. Ist man unbekannt, haben sie bedauerlicherweise größte Mühe, einen Tisch zu finden, der dem eigenen Status angemessen ist; ist man bekannt, darf der eigene Tisch bedauerlicherweise an niemand anderen vergeben werden. Das Bedauern steht ihnen ständig ins ernste, bleiche Gesicht geschrieben. Manche Gäste werden ohne es zu merken hinter Palmwedeln, Wandschirmen und sogar hinter dem kalten Buffet versteckt, andere hingegen schamlos ausgenutzt, zur Schau gestellt und in die Position des Gastgebers gedrängt, ohne Rücksicht auf ihre Vorliebe für schwer einsehbare Ecken.

Dann wäre da noch die Frage des Orchesters: Sanft und geschmeidig soll es sein und mit feierlichem Anstand und kalkulierter Hingabe unterhalten. Im Durcheinander weniger goldener Stunden soll es enttäuschte Hoffnungen aus der Vergangenheit in vage Erwartungen an die Zukunft verwandeln; es soll die Leute animieren, zu essen und zu tanzen und zu trinken und sich zu verhalten, wie es andere, insbesondere der Nachtclubbesitzer, von ihnen erwarten. Bei so viel Verantwortung sehen die Mitglieder der besseren Orchester zwangsläufig blass und bekümmert aus; die Sorge gräbt tiefe Falten in ihre Stirnen.

Zuletzt wäre da noch das Dekor, das zur feierlichen Stimmung beiträgt und manchmal so dezent ist, als wäre es gar nicht da. Spät am Abend fällt in ausnahmslos jedem dieser mondänen Treffpunkte blendend weißes Scheinwerferlicht auf die Tanzfläche und löst beleibte Männer mit Zigarre aus der Menge heraus, die sich abwenden und ernst zu bleiben versuchen; dünne schlaffe Damen, die ihre Augen mit schlanken weißen Händen abschirmen, dicke Frauen, die sich aufplustern, und biegsame Mädchen, deren Augen das Licht in der Dunkelheit animalisch reflektieren. Der Scheinwerferstrahl gleicht einem Fernrohr, das einen runden Ausschnitt der Wirklichkeit hervorhebt. Er stößt herab zwischen vergoldete Stuhlbeine und viele Schichten aus Qualm, zwischen die bauschigen Säume der Sommerkleider und scharfen Falten aus schwarzem Stoff, bis er zuletzt als transparenter Kegel auf dem glänzenden Boden landet wie der Hut eines Taschenspielers.

Im «Les Arcades» entfaltete er seine Magie für Lou. Um Mitternacht marschierte sie in den unbeschwerten Saal voll amüsierwilliger Erwachsener, und ihre Haltung war die eines Kindes, das sagt: «Kommt, schaut mir beim Spielen zu.» Kein Lächeln himmelwärts, keine Grimassen zur Seite, kein Versuch, das Publikum in ihr Geheimnis einzuweihen. Im Scheinwerferlicht war sie ganz in ihr Hochgefühl vertieft, sie drehte sich um die eigene Achse und fand es wunderbar; sie drehte sich abermals und steppte auf dem Parkett herum,

als wollte sie ihre Bewegungen wie Nägel hineintrei-
ben. Eine angenehme Anstrengung glänzte auf ihrem
minimal verspannten Gesicht, und ihre ausgestreckten
Arme schienen auf einer weichen Stütze zu ruhen, bis
man meinte, allein vom Hinschauen das Gewicht und
den Zug auf die Schultergelenke zu spüren.

«Ich tanze gern», schien sie zu sagen. «Nichts macht
mir mehr Spaß.»

Sie hatte natürlich enormen Erfolg. Die Leute klopften mit den bereitgelegten Hämmerchen auf den Tischen herum, freuten sich über den Lärm, klopften
noch lauter. Lou verlangte eine höhere Gage und bekam
sie, sie verlangte nach Rabatt bei den besten Schneiderinnen und bekam auch den. Sie kaufte dunkelblaue
Roben mit Peter-Pan-Kragen und leuchtend rote Kleider mit Röcken wie Nelken, große Hüte, deren Krempe über das eine Auge fiel, und kleine Hüte, die das
andere halb verdeckten. Sie gönnte sich Masseure,
die sie jeden Morgen behandelten, zu viele Sidecars⁵
vor dem Mittagessen und Unterwäsche, in der man
tot aufgefunden werden wollte. Mehr Ausgaben hatte sie nicht. Ihre Verehrer bezahlten den Champagner,
die Taxifahrten, das Curryhuhn im «Voisin's» und di-
verse Parfüms von Babani. Viel mehr konnte man ihr
auch nicht kaufen, denn sie war eine knabenhafte kleine Person mit schwarzem Haar, dessen Spitzen sich
auf Kinnhöhe aufwärtsbogen wie ein Glockenrand;
eigentlich hätten nur eine Angel und ein Taschenmes-
ser wirklich gut zu ihr gepasst. Am besten gefielen ihr
jene Männer, die ihr Essen und Trinken und Abwechs-
lung kauften.

Eines Tages wurde sie von einem bleischweren Pariser Regenguss durchnässt und schaute bei mir vorbei, um ihre Strümpfe zu trocknen. Mit Rücksicht auf das Wetter servierte ich ihr einen Glühwein, und während wir darauf warteten, dass das grässliche Zeug abkühlte, fragte ich: «Lou, weiß dein Mann, was du hier für ein Höllentheater veranstaltest?»

«Höllentheater?», wiederholte sie ungläubig. «Nein, ich bin doch brav – neben mir sähe jede Mutter Oberin aus, als leide sie unter Hormonüberschuss!»

Eine Woche später war sie verschwunden.

Anscheinend war im Laufe dieser Woche ganz Paris einer groß angelegten Razzia zum Opfer gefallen, und die Überlebenden aus Dutzenden verschiedener Cliquen trafen sich jeden Abend im fahlen Licht der Straßenlaternen, aus dem Haus getrieben von einer kollektiven Angst vor dem eigenen, stillen Schlafzimmer, die besonders zwischen Mitternacht und Morgengrauen sehr ausgeprägt war. Gemeinsam jagten sie die Dämmerung über das Kopfsteinpflaster und durch die schiefen Gassen von Montmartre. Lou war ohnehin nicht unterzukriegen, und eines Abends, es war schon spät, und wir scharten uns in einem Jazzlokal um die Trommel wie bei einem Stammesritual, bekamen wir weitere Verstärkung.

Er war groß, dunkelhaarig, gepflegt wie die Blumenrabatten vor dem «Les Ambassadeurs» und romantisch wie ein Walzer im «Armenonville», und selbst um sechs Uhr morgens strahlte er wie ein blank polierter Apfel. Fast hätte ich erwartet, dass er einen fleckigen Flanelllappen aus der tadellosen Smokingjacke holen, hineinspucken und sich den Kopf wienern würde; dass er ihn wie eine Katze in der Armbeuge hin und her drehen und sich den Lappen geschickt über die Stirn ziehen würde wie ein Schuhputzer. Stattdessen sank er derart sanft neben Lou nieder, dass ich einen Augenblick der Illusion erlag, er würde an Fäden vom Himmel herabgelassen. Er redete leise auf sie ein und beugte sich bei jedem Wort fast bis auf die Knie hinunter, als drückte er die Sätze aus sich heraus wie Töne aus einem Akkordeon. Über seinen fragenden Augen und in den Nasenwinkeln lagen kummervolle Schatten, und Lou wandte ihm ihr Gesicht nicht zu, während sie mit ihm sprach, nur ihre Augen bewegten sich manchmal in seine Richtung. «Keine Frage, das ist Liebe auf den ersten Blick», philosophierte ich in Gedanken.

Wir hatten alle genug Champagner getrunken, um den nächsten Tag im Bett verbringen zu müssen, und langsam fingen wir an, uns Gemeinheiten an den Kopf zu werfen und dabei so zu tun, als wären wir die besten Freunde und einfach nur ehrlich; als irgendjemand vorschlug zu gehen, waren alle einverstanden. Wir lungerten an der Garderobe herum, die Tür wurde immer wieder aufgestoßen und gab den Blick auf die gelblichblaue Straße und das rote Glitzern des Sonnenaufgangs frei, das durch den Rinnstein floss. Wir schüttelten die Trübsal ab, die sich auf unsere Gruppe gelegt hatte, und verabschiedeten einander grob und herzlich, und als wir in klapprigen, alten roten Taxis bergab rollten, fühlten wir uns wieder ziemlich wohl und geborgen und auf einmal auch sehr müde.

Bei Tagesanbruch zog zarter Nebel auf, dessen Kühle die Luft jedoch nicht zu durchdringen vermochte, sondern die bereits spürbare Hitze des Tages lediglich benetzte wie Tautropfen eine Rose. Die Julisonne schälte goldene und orangefarbene Baumwipfel aus dem Dunst, sie wärmte und stutzte die schmalen Schatten, die an den Gebäuden klebten. Über dem satten Rot im Osten war der Himmel von jenem kompakten, farblosen Blau, das in meiner Vorstellung untrennbar mit der Morgendämmerung vor einer Schlacht verbunden ist. Der Anblick des Himmels und der süßliche Duft nach Holz und Farn, den ein voll beladener Himbeerkarren auf dem Weg zum Markt verströmte, lenkten mich dermaßen ab, dass ich nicht bemerkte, wie Lou und der Mann mit dem Hochglanzgesicht verschwanden.

Sie hatte sich bei sehr verschwiegenen gemeinsamen Freunden einquartiert, und ohne Telefon wäre die Sache wohl nie ans Licht gekommen. Der Geschäftsführer des Nachtclubs brachte alles ins Rollen, indem er sämtliche Leute abtelefonierte, in deren Begleitung er Lou jemals gesehen hatte. Er wollte wissen, was nun aus seiner großen Gala würde. Die vielen Seidenpüppchen und die kleinen Hämmer und die Ballons und, o Gott, der Champagner! Lous Name draußen an der Fassade, meterhoch, und Lous Chiffonkleider, die, öffnete man die Tür, aus der Garderobe herausflatterten wie bunte Bändchen an einem Ventilator – und Lou selbst wie vom Erdboden verschluckt.

Wir konnten sie ebenfalls nicht finden und wussten auch nicht, wo wir suchen sollten, außer dass wir die

Wohnung unserer Freunde auf den Kopf stellten, die labyrinthischen Flure und französischen Schlafzimmer mit gemaserter Tapete durchstöberten und gelbe Satinlaken von grabestiefen Betten rissen. Sie war einfach nicht mehr da – bis sie nach fünf Tagen, wir wollten die Suche gerade einstellen und zur Polizei gehen, plötzlich doch wieder da war. Sie lag zutiefst erschöpft auf dem Bett ausgestreckt, und man hätte meinen können, sie wäre aus Blei, so schwer sah die kleine Gestalt aus. Sie schlief viele Stunden lang, und ich begegnete ihr erst nach ihrer Scheidung wieder.

Schwer zu sagen, wie kühne Menschen denken. Mut ist so etwas wie ein sechster, Orientierung stiftender Sinn, und manchmal glaube ich, dass die Mutigen sich in allen Urteilen und Entscheidungen davon leiten lassen. Im Winter von Lous Scheidung war ich noch nicht nach Amerika zurückgekehrt, aber Gerüchte von einer verzweifelten Verschwendungssucht machten es sich auf den ledernen Barhockern der pompösen Ozeandampfer bequem und erreichten Paris wie eine Neuausgabe von «Tausendundeine Nacht». Es muss schlimm gewesen sein, mit Krumen abgespeist zu werden, wahrscheinlich war es ein Albtraum für Lou. Selbstverständlich tanzte sie die ganze Zeit in einer erfolgreichen Show; immerhin war sie nicht mehr gezwungen, jeden ihrer Wünsche mit komplizierten philosophischen Begründungen zu rechtfertigen.

Als sie nach Frankreich zurückkam, wirkte sie verschlossen, aber sie hatte schon immer zur Schweigsamkeit geneigt, als fürchtete sie, ihrer kindischen Kehle könnten unpassende Töne entweichen. In meinen Augen verändern sich die Menschen nicht, solange sie nicht anders aussehen, deswegen war sie für mich die Alte geblieben. Sie vermisste das Kind ganz furchtbar. Ich glaube, man empfindet immer tiefes Bedauern, wenn man etwas unvollendet zurucklassen muss, aber das hängt mit der allgemeinen Enttäuschung über einmal gemachte Fehler zusammen; jede beliebige Erinnerung kann dann Bedauern auslösen. Sie hatte ihr Kind nie viel gesehen.

Ich begegnete ihr wieder, als sie in Paris auf der Durchreise war und ihre Schrankkoffer füllte, wie eine Dampfmaschine Wasser ansaugt. Eines Tages sah ich sie hilflos zwischen zwei Schneiderinnen ausharren, die mehrere Mundvoll Stecknadeln an ihr befestigten. Sie stand inmitten eines Gebirges aus Goldsatin mit weiß schimmernden Kuppen und apricotgelben Faltentälern, aufrecht wie ein Leuchtturm, und ich fragte mich kurz, woher sie diese kräftigen Muskeln hatte. Plötzlich erinnerte ich mich an Geschichten aus ihrer Vergangenheit auf dem Wasser, unter einem hawaiianischen Vollmond, Geschichten von Umzügen, die sie kreuz und quer durch die westliche Welt getrieben hatten, von einem Armeeposten zum anderen. Wahrscheinlich war sie auf staubigen Reitwegen und Bambusveranden aufgewachsen und in den fruchtbaren Flüssen des Südens meilenweit geschwommen – die perfekte Ausbildung in Rastlosigkeit für eine abenteuerlustige, rastlose Seele.

«Nun, Lou, oder Brünnhilde[6], oder wie immer du auch heißt – was wirst du tun?»

«Ich werde arbeiten, bis meine Seele daran zerbricht, und ich werde eine ausgezeichnete Tänzerin sein», antwortete sie und zog ein Gesicht, als hätte sie eine Vision. «Ich habe einen fantastischen Vertrag mit einem fantastischen Casino an der Côte d'Azur, wo ich fantastisch viel Geld verdienen kann.»

Ich hielt das für einen exzellenten Verteidigungsplan, der wegen des ausbleibenden Angriffs niemals zur Anwendung kommen würde, und hielt mich bedeckt. Ebenso wenig fiel mir zu sagen ein, als mir später jemand in spöttischem Ton erzählte, Lou sei auf dem Höhepunkt ihres Erfolges – sie hatte völlig unvermutet einen Hit gelandet – mit einem großen blonden Engländer nach China durchgebrannt. Ich glaube, sie haben ein Baby, das inzwischen fast alt genug sein müsste, um Karottensuppe vom Löffel zu essen.

DAS MÄDCHEN UND DER MILLIONÄR

Die Abenddämmerung war ganz wunderbar nach dem Krieg. Sie stieg vom Straßenstaub auf, fiel aus den Schatten unter den rußigen Gesimsen herab und wurde sanft aus dem Zimmer ins Freie gedrückt, wenn irgendwo ein Fenster geschlossen wurde. Sie flutete New York wie eine indigoblaue Welle und hing über der Stadt wie geheimnisvoller Nebel über einem Sumpf. Die fernen Lichter der Wolkenkratzer glühten verschwommen hinter dem Blau wie Schmuckstücke, die man im hohen Gras verloren hat, und der fieberhafte Verkehrslärm klang auf einmal so gedämpft wie die Schritte sehr vieler Menschen auf einem riesigen, gepflasterten Platz.

Sobald es dunkel wurde, gingen die Leute zum Tee. An allen Ecken rings um das «Plaza Hotel» standen Mädchen in Jacken aus Eichhörnchenfell und langen Röcken aus fließendem Stoff und mit Hüten wie Babybadewannen aus Samt. Sie warteten, bis die Ampel auf Grün sprang und sie hinübergehen und von den opulent verzierten Drehtüren hineingezogen werden konnten. Unter dem geschwungenen Vorbau des «Ritz» ließen Mädchen mit kurzen Hermelinmänteln, weichen, weit schwingenden Kleidern und Hüten groß wie Gullydeckel den Nickelglanz der Straßen hinter sich und traten in den Kristallglanz der Lobby.

Vor dem «Lorraine» und dem «St. Regis» und dem «Biltmore», dessen Fassade in ein orangewarmes Licht getaucht war und dessen Portier aussah wie der verrückte Hutmacher aus «Alice im Wunderland», tummelten sich Hunderte von Mädchen mit onduliertem Haar, mit farbenfrohen Schuhen und Orchideen, Mädchen mit hübschen Gesichtern, an deren Armen Pudertäschchen und Schmuck und schmächtige junge Männer hingen, und sie alle waren auf dem Weg zum Tee. Zu jener Zeit ging man zum Tee wie zu einer Abendgesellschaft. Es gab richtige Teepersönlichkeiten – junge Rädelsführer ohne jeden Einfluss oder künstlerische Ambitionen, die aber dennoch alle möglichen Prominenten hinter sich herzogen wie bei einer Polonaise. Unter dem melancholischen, skeptischen Blick der Papageien im «Biltmore» sickerte das Licht aus schweren Kronleuchtern in goldblonde Bubiköpfe, während dunkelhaarigere Gäste sich in den Schatten verloren; vor den winterlichen Fenstern konnte man nur noch die Umrisse jugendlicher Gesichter erkennen. Sie alle bildeten das Gefolge von ein paar wenigen, besonders umtriebigen jungen Leuten.

Caroline war eine von ihnen. Sie war damals etwa sechzehn Jahre alt und trug ausschließlich schwarze Kleider, die sie zu Dutzenden besaß und die sich in langen Falten an ihren schlanken, makellosen Körper schmiegten, als hätte ein Bildhauer sie mit dem Daumen aus Ton geformt. Sie hatte einen neuen Tanz erfunden, bei dem sie den Kopf zögerlich-verträumt nach rechts und links neigte und die Füße in schneller Folge vom Boden hob. Bestimmt wären Sie auf sie aufmerksam geworden, selbst wenn sie nicht das hübsche römische Profil in Ihre Richtung gekehrt und kurz genickt hätte, um sich gleich wieder dem verrauchten Saal zuzuwenden. Ich schaute ihr ewig zu, bevor ich jemanden nach ihrem Namen fragte. Ihre langen, seidigen Beine, die nahtlos in hohe Absätze übergingen, strahlten Abenteuerlust aus, der kegelförmige Bogen ihrer Augenbrauen hatte etwas Theatralisches, und sie war viel zu jung, um sich diese Art von Körpersprache auf legale Weise angeeignet zu haben.

Ihr rastloses Leben bis zu jenem Tag ist kurz erzählt: eine überstürzte Heirat gegen den Willen der Eltern, die sofort wieder annulliert wurde; ein Jahr in Nebenrollen auf New Yorker Bühnen; die von der Presse zum Skandal hochgejubelte Sache mit der Brooklyn Bridge. Sie musste jede Menge Energie darauf verwendet haben, um binnen so kurzer Zeit so viele Menschen auf sich aufmerksam zu machen, ganz besonders, da sie mit leeren Händen anfing und nichts weiter hatte als die Liebe und die Hoffnungslosigkeit in den trüben Augen ihres Vaters. Er zählte zu den Männern, die ihr Geld auf undurchsichtige Weise verdienen, und Caroline war weit davon entfernt, die Gästelisten des New Yorker Geldadels mit den Klatschspalten zu verwechseln. Sie war ehrgeizig, sie war extravagant, und sie war so ziemlich das hübscheste junge Ding, das die Stadt je gesehen hatte. Ich habe nie durchschaut, ob sie berechnend war oder nicht. Wahrscheinlich darf man jedem jungen Mädchen mit rotem Blumenhut, das inmitten einer lärmenden Truppe von Studenten plötzlich einem berühmten Millionärssohn gegenübersteht und ihm unverzüglich verträumt in seine braunen Augen lächelt, Berechnung unterstellen; dann wiederum lächelte Caroline ständig, und ganz ohne finanzielle Hintergedanken.

Sie sahen gut aus nebeneinander. Beide waren wie mit einem sanften Goldbraun bestäubt, wie Bienenflügel; beide waren groß, ihr Teint unter der Bräune schimmerte rosig, und es wirkte sehr harmonisch, wie er sich auf der roten Lederbank nach vorn und sie sich nach hinten lehnte. Man sah gleich, dass er reich war und sehr angetan von ihr, und dass sie arm war und sein Interesse spürte. Bei der ersten Begegnung war nicht mehr zu sehen als das; doch möglicherweise hätte ein Mensch mit übersinnlichen Fähigkeiten damals schon die tragische Aura wahrgenommen, die die jungen Köpfe umgab. Sie waren einfach zu perfekt.

Der Winter schritt voran und zerrupfte die Palmen in der von leisem Gläserklirren erfüllten Lobby des «Plaza». Die Heizungsluft zwirbelte die Wedel zu braunen Schnurrbartspitzen auf, und die Wartenden zupften aus Langeweile an den tiefer hängenden Blättern. Zwei große Wedel hatte Caroline schon zerpflückt, seit sie gemerkt hatte, dass auf Barry nicht einmal im Hinblick auf seine Verspätungen Verlass war. Es war wirklich zu ärgerlich; sie war gezwungen, stocksteif dazusitzen und sich von knielosen Männern in Gamaschen, von halslosen Pagen in billardtischgrüner Uniform und schulterlosen, hinter dem Empfangstresen gefangenen Rezeptionisten begaffen zu lassen, während Barry irgendwo an einem seiner Autos schraubte. Er besaß drei Stück, alle drei so breit, dass man sich darin vorkam wie in einer Straßenbahn. Sie hatten verrückte Ausflüge nach Long Island unternommen, und im Frühling hatten sie die grünen Hügel von Connecticut erkundet. Caroline war so tief in die Schlangenlederpolster eingesunken, dass ihr Körper fast zweidimensional wirkte, und Barry am Lenkrad war in ständiger Bewegung gewesen, als skizzierte er mit einem Kohlestift, und die ganze Zeit hatten sie schwarzen Blues gesungen, eine monotone Strophe nach der anderen.

An einem Sonntagnachmittag spät im Winter, als das schneehelle Gleißen die Schatten in den Wohnzimmerecken zusammenschob, kamen Caroline und Barry zu Besuch. Beim Eintreten verströmten sie die frische Kälte eines Salatkopfes, den man eben aus dem Eisschrank genommen hat; die Wassertropfen in ihren langhaarigen Pelzmänteln brachen das Flurlicht und schimmerten lila.

«Hallo», sagte sie. «Ist das hier das Rasthaus Fitzgerald?»

Ihre Stimme war voll gemischter Gefühle, wie sie einen überkommen, wenn man nach einem anstrengenden Tag in die weichen, kühlen Laken sinkt. Über die sinnlichen Zwischentöne legte sich das gleichmäßige Schnurren der wohlerzogenen New Yorkerin.

«Jawohl», sagte ich, «und auf der Karte steht heute kalte Putenbrust mit Spargel. Kommen Sie herein und wärmen Sie sich auf.»

Barry nahm unter der einzigen Lampe im hinteren Teil des langen Wohnzimmers Platz und machte sich daran, die große Schallplattensammlung zu inspizieren,

Caroline setzte sich mit geradem Rücken in den rosa Schein des Kaminfeuers. Beide schienen sich des anderen ständig bewusst zu sein, wie zwei Feinde, die einander belauern. Schweigend hörten wir den dicken Holzscheiten beim Platzen zu, die wie nasse Feuerwerkskörper klangen, und dem Klappern des Heizofens, der für den Abend gefüllt wurde, und dem Rauschen des Badewassers, das im Obergeschoss einlief. Im Esszimmer gegenüber wurde der Tisch gedeckt, in unser einsilbiges Gespräch mischte sich bald eine freundliche, wenn auch wenig angemessene Vertraulichkeit. Mir war danach, «Als der Nikolaus kam»[7] aufzusagen und mich auf dem Teppich schlafen zu legen, als Barry von seinem hell erleuchteten Platz aus plötzlich fragte, ob Caroline ihn heiraten wolle. Die würdevolle Zögerlichkeit, mit der sie den Antrag annahm, ließ uns den Ernst der Lage erkennen; uns blieb keine Wahl, wir mussten versuchen, aus den Resten vom Mittag ein Verlobungsdinner zu zaubern.

Während des Essens waren beide still und in sich gekehrt, und weil mir nichts zu sagen einfiel, musste ich an alles Mögliche denken – daran, wie Caroline im vorigen Winter in cremeweißem Georgette und einer Wolke aus grauem Eichhörnchenfell auf den Treppenstufen eines schmalen Wohnhauses an der Fifth Avenue gestanden hatte und ihre Tränen in der klaren Winterluft gefroren waren. Drinnen fand ein Debütantinnenball statt, und sie hatte versucht, sich am Furcht einflößenden Personal vorbeizumogeln. Aber in New York werden Butler nicht engagiert, weil sie eine Schwäche für Schönheit haben, und dieser hier hatte sie ohne mit der Wimper zu zucken abgewiesen. Ich dachte daran, wie Barry seine Mutter vom Tee in der Botschaft in Rom abgeholt hatte – Barry war neunzehn, elegant und wohlerzogen, der Traum aller Schwiegermütter, die für ihre Töchter eine strahlende Zukunft planen. Er war außerdem verwöhnt und ungestüm, aber da er Caroline wahrscheinlich bei einem Besäufnis kennengelernt hatte, hätte es zwischen ihnen in der Frage eigentlich keine Missverständnisse geben dürfen. Ich fragte mich, wie er seiner strengen Familie die intime Bekanntschaft mit einer so hübschen und so skandalösen Person erklären würde, und was er ihnen an Ausreden auftischen müsste, um ihren Segen zu bekommen.

In meiner Erinnerung setzt sich jener Winter aus endlosen Telefongesprächen und aus Rutschpartien über den Schnee zwischen den niedrigen weißen Gartenzäunen von Long Island zusammen. Mit anderen Worten, wir waren viel unterwegs. Gelegentlich trafen wir Caroline und Barry in der Stadt, im Aquariumlicht eines teuren Nachtclubs oder im grellen Schein eines Theatereingangs. Die Leute sagten, sie seien ständig zusammen und würden nie getrennt ausgehen. Sie war eine der wenigen mir bekannten Frauen, die verspielt genug und gleichzeitig sachlich genug waren, um in Hermelin gut auszusehen. Wenn die beiden in dieses riesige Auto einstiegen, musste ich unweigerlich an Schauspieler denken, die Adlige darstellen, oder an prächtige Abendessen, wie sie auf Renaissancegemälden abgebildet sind.

Die Klatschpresse stürzte sich natürlich auf sie. In den meisten Broadwayblättern erschienen regelmäßig

knappe, bitterböse Meldungen, ganz besonders nachdem sich herausgestellt hatte, wie entschieden seine
Familie gegen die Verbindung war. Ich glaube, seine
Eltern haben sogar versucht, Caroline mit Geld abzufinden, aus dem Grund kam es wohl auch zu der
schrecklichen Szene im «Ciro's». Wie immer, wenn etwas besonders Bedrückendes passiert, waren an dem
Abend scheinbar alle Freunde und Bekannten zugegen.
Die Einrichtung des Clubs war lächerlich, geradezu angeberisch in ihrer Schlichtheit, man bekam zwangsläufig mit, was sich am Nebentisch abspielte, und wie um
es noch schlimmer zu machen, saßen Caroline und Barry direkt vor dem Orchester, mit Blick auf den ganzen Saal. Zuerst warf sie ein Glas, und dann, nachdem
sie sich von einer riesigen Stoffserviette befreit hatte,
stieß sie den zierlichen Stuhl um, und ein Dutzend Zigaretten fielen zu Boden. Sie schleuderte Barry einen so
hasserfüllten Blick entgegen, dass der Saxofonist seinem silbernen Instrument einen wilden Sirenenschrei
entlockte und der Oberkellner angaloppiert kam, um
im Namen der Geschäftsführung einzugreifen. Caroline war außer sich vor Wut und verlangte immer wieder
lautstark nach ihrem Wagen, als könnte der über das
gebohnerte Parkett fahren, um sie direkt vom Tisch abzuholen. Barry bat um ihren raschen Abtransport, als
hätte man ihr etwas Verdorbenes serviert.

Alle waren entzückt über die öffentliche und melodramatische *crise* des jungen Paares, das so viel Neid
erregt hatte. Sie waren kaum zur Tür hinaus, als selbst
die Kellner schon das Gerücht aufgeschnappt hatten,
Caroline habe sich einfältigerweise von Barrys Vater

mit einem dicken Scheck und einem neuen Auto abfinden lassen. Sie behauptete steif und fest, nicht gewusst zu haben, dass sie damit für die Trennung von Barry belohnt werden sollte, woraufhin dieser ihr in deutlichen Worten eine grundlegende, hoffnungslose und unverbesserliche Unehrlichkeit unterstellte. Schade, dass sie sich ihre Vorwürfe nicht zu Hause an den Kopf warfen, denn dann hätte sich die Sache womöglich noch kitten lassen. Aber nun gab es zu viele Augenzeugen, als dass einer von ihnen auch nur einen Zentimeter hätte nachgeben können.

Ein paar Tage später schloss Barry sich zusammen mit dem schlimmen Gefühlskater, der normalerweise auf eine so erschütternde Enttäuschung folgt, in die Goldeichensuite des größten Transatlantikdampfers nach Paris ein. Zwei Wochen darauf, ich war unterwegs nach Kalifornien und hangelte mich gerade an der gebogenen Walnussverkleidung eines Transkontinentalwaggons entlang, lief mir Caroline in die Arme. Ich weiß nicht, was ich erwartet hatte, aber ihr zur Schau getragenes vornehmes Märtyrertum überraschte mich sehr. Sie führte sich auf wie eine Königin im Exil. Von den gebeugten Schultern bis zu den reglos herabhängenden Händen schrie ihre ganze Haltung: «So bin ich, so bleibe ich.» Nun wusste ich aber, dass Caroline in ihrem früheren Leben nichts von dem verblassenden Veilchen gehabt hatte, das vor Liebeskummer vergeht und in misslungenen Gedichten vorkommt. Deshalb fragte ich mich, warum sie so überstürzt eine Welt hinter sich ließ, in der sie sich auskannte, die sich jedoch mit ihr nicht auskannte, um einmal quer über den Kontinent in eine andere zu fliehen, in der sie für ihre Eskapaden bekannt, die ihr aber unbekannt war. Ich fand den Tausch mehr als unvernünftig. Wenn es sich also nicht um eine Flucht handelte, wurde sie vielleicht von Rachedurst angetrieben, sagte ich mir, und ich musste mich sehr zusammenreißen, sie nicht auf der Stelle zu fragen.

Wenn man bedenkt, wie lange die Reise nach Kalifornien dauert, scheint es kein bisschen verwunderlich, dass den Passagieren unterwegs jede Verhältnismäßigkeit abhandenkommt. Anfangs ziehen sich die Geleise wie eine gesteppte Naht durch eine Landschaft, die an die blecherne Kulisse einer elektrischen Eisenbahn erinnert; hier ein Hügel in Grün und Braun, dort unvermutet ein Tunnel; ein Bahnhofsgebäude aus Backstein, viel zu klein für den Zug; eine Bahnschranke, ein Mast, ein kleiner Hund aus Zinn. Am ersten Abend richtet man sich zufrieden in seinem apfelgrünen Abteil ein, genießt das appetitliche Essen im funkelnden Speisewagen und die Vorstellung, als phosphoreszierender Pfeil den lilaroten Schlieren der westlichen Dämmerung entgegenzufliegen. Der Zug hat noch viel mit seinen Werbeprospekten gemein und ist nicht als bewegliches Mittel zum Zweck entlarvt worden. Man kann nach wie vor rauchen, ohne einen metallischen Geschmack im Mund zu haben. Anfangs hielt ich mich von Caroline fern, denn ich hatte nicht vor, sie durch meine Neugier in die Opferrolle zu drängen. Vermutlich waren wir beide vom eingeschränkten Leben in dem Zug fasziniert, doch später, als nicht einmal mehr Mr. Harveys[8] Einfallsreichtum ausgereicht hätte, einen ausreichend exotischen Namen für Bratkartoffeln zu finden, der unsere belegten Gaumen zu kitzeln vermocht hätte, saßen wir in einvernehmlichem Wehklagen zwischen Ketchupflaschen und Essigkännchen im Speisewagen herum.

Die Landschaft veränderte sich ständig. Offenbar würden wir niemals die fernen Berge am Horizont erreichen, und alle Bäume und Häuser an den grünen Hängen schienen nur probehalber dort herumzustehen. Caroline hatte bald genug von der vornehmen Distanz, die zu bewahren sie sich selbst auferlegt hatte, indem sie die Exilantin gab; sie brannte auf ein Gespräch. Sie erzählte, sie habe eine Filmrolle ergattert und fahre zum Arbeiten an die Westküste. Während einer langen Unterhaltung erfuhr ich, dass sie fest entschlossen war, berühmt zu werden und Barry zu der Einsicht zu zwingen, dass es ein grandioser Fehler gewesen war, sie derart überstürzt zu verlassen. Sie redete und redete und steigerte sich in Erfolgsfantasien hinein, bis ich gegen Ende der Reise den Eindruck hatte, sie würde mich am liebsten niemals wiedersehen, so viel hatte sie mir von ihren Hoffnungen und Plänen verraten. Als sie sich im Bahnhof von Los Angeles unter die Leute mischte, konnte ich zuschauen, wie ihre Persönlichkeit sich veränderte und sie auf einmal ein stilles, argwöhnisches Selbstvertrauen ausstrahlte, wie man es in einer Welt des gnadenlosen Konkurrenzkampfes unbedingt braucht.

Wir stiegen zufällig im selben Hotel ab. Um das Hauptgebäude herum verteilten sich lange Reihen aus niedrigen Bungalows, die im Licht der untergehenden Sonne dalagen wie Tentakel eines in der schwülen Wärme gestrandeten Seeungeheuers. Das üppige Gras auf den rechteckigen Flächen zwischen den Zementwegen sah aus wie frisch gestrichen, und von einem Bungalow zum nächsten zogen sich Spaliere aus Zinkrohr mit abblätternder Farbe, an denen weiße Kletterrosen emporrankten. Carolines Bungalow stand meinem gegenüber, und die Zahl der Dienstboten, die bei ihr ein und aus gingen, verriet mir, dass sich ihre Ankunft im neuen Umfeld vielversprechend gestaltete. Ich musste mehrmals täglich an ihrer Tür vorbei, und immer hing am Knauf eine prall gefüllte Papiertüte mit Telefonnachrichten. Zwischen den gelben Vorhängen hinter ihren Fenstern standen immer öfter gelbe Rosen. Ich kannte den Regisseur mit der Vorliebe für gelbe Rosen, er nannte sie scherzhaft «Rettiche».

Manchmal schlängelte ich mich zwischen den Süßwarenständen und den Friseuren und den Glasvitrinen mit orientalisch verschnörkeltem Kunsthandwerk hindurch, um in den großen Speisesaal des Hotels zu gelangen. Und immer saß Caroline in der hell ausgeleuchteten hawaiianischen Kulisse und hörte jemandem zu, elegant und zerbrechlich, eine *connaisseuse* von erlesenen Düften und Darbietungen. Man kannte ihren Namen; ihre Karriere nahm Fahrt auf. Sie trank nur noch wenig und verbrachte ihre Vormittage damit, sich in einen Zustand nervöser Aufmerksamkeit drücken und drängen zu lassen, der im Filmgeschäft das schauspielerische Können ersetzt. Sie lernte, den einzigen Makel in ihrem hübschen Gesicht mit viel Schminke zu betonen, sodass ihre ausgeprägten Wangenknochen ihr das

Aussehen einer Tatarin verliehen. Sie lernte, sich gedankenverloren und unnahbar zu geben, und verkaufte diese Eigenschaften als Raffinesse und Resigniertheit. Hollywood war fasziniert. Zwei Monate später hörte ich, Caroline sei nicht in der Lage zu arbeiten und halte mit ihren unkontrollierbaren Nervenzusammenbrüchen eine teure Produktion auf. Ich nahm an, dass sie bald gefeuert werden würde, und beschloss, mich einzumischen. Ich konnte sie zu einem Ausflug ans Meer überreden.

Ich weiß nicht, warum man in Kalifornien ständig das Gefühl hat, im Binnenland zu leben. Vermutlich ist es eine Folge des bescheidenen Versuchs, diese riesige Fläche mit zwei Orangenbäumen und einer Ölquelle irgendwie zu begrenzen. Jedenfalls war ich der Meinung, dass es ihr guttun würde, dem Gefühl der Leere zu entkommen, das zumindest ich in dieser weitläufigen Stadt empfinde. Wie sich herausstellte, hatte sie den Pazifik tatsächlich nie gesehen, und so mieteten wir einen offenen Wagen und reihten uns in die lückenlose Autoschlange ein, die sich unter dem riesigen Himmel wie eine Ameisenstraße bis nach Long Beach dahinzog. Die platte, farblose Landschaft unter der gleißenden Sonne glich einem blinden Spiegel und interessierte sie kaum, und ich konnte sehen, dass die zügige Fahrweise des Chauffeurs sie nervös machte. Weil ich meine eigenen Nerven schon vor Jahren verschlissen habe, gebe ich anderen Menschen gern Ratschläge, wie die ihren zu schonen sind.

«Du mutest dir zu viel zu», sagte ich, «und wenn du ständig so angespannt bist, dass du nicht einmal mehr in einem Auto sitzen kannst, ohne dich anzuklammern, wirst du in der Branche nicht lange durchhalten.» Die Sonne schmiegte sich an ihre hohen Wangenknochen und zeichnete ein dunkles Dreieck unter ihr erhobenes Kinn. Der Fahrtwind zerfledderte den rosa Wickenstrauß an der Krempe ihres weißen Filzhutes, und die Blütenblätter wurden an ihr glänzendes Gesicht gedrückt, als sie sich zu mir umdrehte und fröhlich zustimmte, ja, sie werde in Kürze zusammenbrechen.

«Aber mit meiner Arbeit hat das nichts zu tun», fügte sie geheimnisvoll hinzu.

«Oje», dachte ich, «sie will wieder einmal beweisen, wie recht sie hat.»

Wir aßen in einem schäbigen Lokal mit Blick auf eine Ziegelmauer und an die Decke gepinselten Meeransichten zu Mittag. Es gab in Long Beach keine andere Möglichkeit, in Strandnähe zu essen; die Antialkoholiker sind so realitätsscheu, dass sie nicht einmal den Ozean ertragen. Wir versuchten, mit einem matschigen Krabbencocktail Zeit zu schinden, als Caroline sich auf einmal herüberbeugte und nach Neuigkeiten aus New York fragte, dermaßen zaghaft und sehnsüchtig, dass ich sofort spürte, worüber sie eigentlich sprechen wollte. Barry. Wahrscheinlich hatten alle anderen dieses Thema in ihrem Beisein tunlichst vermieden, aber ich war selbstgefällig genug, ihr den Gefallen zu erweisen.

«Bist du immer noch nicht drüber weg?», fragte ich.

Sie lächelte in verklärter Verzweiflung. «Oh, doch, natürlich, aber ich kann den Gedanken nicht ertragen, dass wir so gar keinen Kontakt mehr haben», sagte sie. «Seit ich ihm begegnet bin, scheint alles in meinem

Leben seinetwegen zu passieren. Und jetzt drehe ich einen Kassenschlager, nur damit ich seinem Werben noch einmal nachgeben kann, denn irgendwie werde ich es schaffen, ihn zurückzubekommen. Ich wollte das immer schon jemandem erzählen, damit ich einen zusätzlichen Ansporn habe. Tut mir leid, unseren Ausflug damit zu verderben, aber jetzt kann ich endlich wieder arbeiten. Weißt du, ich habe hier nämlich keine Freunde», schloss sie achselzuckend.

Als sie sich an dem Abend vor ihrem Bungalow von mir verabschiedete, verschattete Traurigkeit ihre Augen, und jeder ihrer Schritte auf dem Zementpfad klang so hohl, als seien ihre Schuhe leer, und so unsicher, dass mich ein Hass auf alle schicken Strandhotels überkam, sogar auf das gute alte «Balboa», und auf die Ostküste und die Westküste und alle Liebesaffären. Wie ein Gespenst huschte ich durch den Nebel bis zu meiner Tür.

Am nächsten Tag fiel Regen in Kalifornien, ganz gegen den Willen der einflussreicheren Bürger der Stadt – und zwar kein gewöhnlicher Regen, wie er anderswo fällt, sondern eine schwere, braune Wassermasse, die neben den Bordsteinen entlangströmte wie heißer Zuckersirup. Wo sich am Fuß eines Hanges zwei Straßen trafen, reichte das Wasser bald bis an die Trittbretter der Autos. Es drang durch Regenschirme, hüllte die Leute darunter in einen feinen Nebel und verwandelte die Gehwege in schlammige, rutschige Flusslandschaften. Wenn die Sonne einmal kurz herauskam, stieg warmer Dampf vom Boden auf, und alle Grasflächen fingen in dem mutlosen Licht zu qualmen an. Draußen war es denkbar ungemütlich, ich verbrachte den größten Teil meiner Zeit in meinem Bungalow und aß Unmengen von Avocados mit Frühlingszwiebeln, die ich mit kalifornischem Bordeaux hinunterspülte. Als ich mich wieder hinauswagte, war Carolines Film abgedreht und der März schon wieder dabei, die Luft mit Frühlingsstaub zu pudern. Ich hatte Gerüchte gehört; angeblich hatte sie die Aufgabe mit Bravour gemeistert. Der Regisseur war mit ihr so zufrieden gewesen, dass er ihren Part im Schneideraum auf Hauptrollengröße erweitert hatte, und nun stand ihrer Filmkarriere nichts mehr im Wege. Ich freute mich sehr darüber, dass sie mich wiedersehen wollte und mir Karten für die Premiere schenkte. Doch zu meiner Überraschung hatte der Erfolg den alten Kummer nicht aus ihrem Blick getilgt, lediglich die Gelassenheit ihrer hübschen blassen Gesichtszüge war einem Ausdruck vager Vorfreude gewichen.

Filmpremieren in Hollywood sind märchenhafte Feste. Die Straße wird mit bläulich-weißem Licht geflutet, das sich wie Glitzerpulver auf das Laub und die Stämme der Bäume legt. Girlanden aus gewöhnlichen Glühbirnen, die plötzlich aussehen wie goldene Orangen, ziehen sich von einem Laternenpfahl zum nächsten, und die Scheinwerfer von Hunderten Autos zerschneiden die ätherische Pracht mit ihren Lichtkegeln. Die Schatten sind kurz und liegen wie zähflüssige Pfützen unter Autos und Menschen. Zwischen den Wagen hindurch führt der rote Teppich bis an den Eingang des Filmpalastes, das Surren von Kameras begleitet die Ankunft der Stars. Durch ein gigantisches Megafon wird die wartende Menge am Rand der Lichtschneise mit berühmten Namen beschallt und reagiert wahlweise mit stürmischem Applaus oder raschelnder Stille; es ist eine Art Feuerprobe. Nähern sich feine, hartherzige Damen in Silberschuhen und Hermelin, erhebt sich unter den Bäumen ein missbilligendes Tuscheln, aber wenn ein junges Mädchen in korallenrotem Samtkleid den Teppich betritt, von dem alle wissen, dass es seine arme Familie unterstützt, klatschen die Leute noch eine Häuserecke weiter, denn schließlich hält das Publikum sich für menschenfreundlich.

Keine Vorfreude liegt in der Luft, sondern der dumpfe Anbetungswille der Getreuen, die im Halbdunkel den siegreichen Herrscher erwarten wie mittelalterliche Leibeigene, und die strahlende Selbstsicherheit unsicherer Menschen, die sich plötzlich anderen überlegen fühlen. Da ich noch nie eine Premiere besucht hatte, stand ich eine Stunde lang auf der gegenüberliegenden Straßenseite und schaute zu. Es war, als schlüge ein eleganter Weiblichkeitszirkus seine Zelte auf. Ich war sehr gespannt auf Carolines Ankunft. Dies war ihr Abend, und ich wusste, sie würde sich etwas Amüsantes einfallen lassen – sich das Blumensträußchen ganz unprätentiös sonst wo anstecken, sich das Haar zu wilden Locken aufdrehen lassen oder eine ulkige Requisite tragen, zum Beispiel einen kleinen Dolch oder winzige Glöckchen an den Schuhen –, aber die Autos vor dem Kino hielten in immer kürzeren Abständen, schon waren die ersten gewöhnlichen dabei, und ich wusste, ich würde mich verspäten, wenn ich jetzt nicht hineinging.

Der Film war wunderbar. Carolines biblisch schöne Augen wurden trüb oder strahlten über Teetassen und

Karaffen hinweg oder glänzten im Sprühregen einer Dusche, kurzum, sie dominierten die leicht verworrene, künstlerisch anspruchsvoll in Szene gesetzte Handlung. Ich wurde sogar ein bisschen neidisch auf so viel garantierten Erfolg. Während der Pause durchstreifte ich auf der Suche nach ihr das überfüllte Foyer. Sie war nirgendwo zu sehen, und weil ich mich unter so vielen Fremden, die so viele Adjektive benutzten, unwohl fühlte, trat ich ohne Kopfbedeckung in die feuchte Frühlingsluft hinaus und ging zum Drugstore an der Ecke. Der Laden war wie jeder andere – es gab Parfüms im Geschenkkarton, Puderdosen, Schreibpapier und Bücher, Tische voller Räucherpfannen und Bilderrahmen und anderer Waren, die man niemals in einem Drugstore vermuten würde –, und ich weiß selbst nicht, warum mich plötzlich eine böse Vorahnung überfiel. Ich hatte das Gefühl, in eine isolierte Welt verbannt worden zu sein, in der ich von allen Bedürfnissen abgeschnitten war außer von dem einen, nämlich Dinge zu kaufen. Um in die Wirklichkeit zurückzufinden, trat ich an den Zigarettentresen und griff zur neuesten Ausgabe der Abendzeitung. Von der Titelseite blickten mir Barry und seine Verlobte entgegen, der Fotograf hatte das Bild aus Paris telegrafiert. MILLIONENSCHWERE ERBEN WÜNSCHEN SICH KLEINE ZEREMONIE. Ich war froh darüber, dass Caroline beim Dreh ein Vermögen verdient hatte, und ich fragte mich, ob sie sich an der schrillen Schlagzeile überhaupt stören würde.

Der Film war amüsant bis zum Schluss. In ihren Augen schien sich immerzu ein ferner Horizont zu spiegeln, und nie zuvor hatte eine Frau auf dem Weg zum

Ruhm eine makellosere Figur gehabt oder mehr Körperbeherrschung gezeigt. Ihr straffer, auf unpersönliche Weise leistungsfähiger Leib erinnerte an eine hervorragende mechanische Installation. Gegen Ende überraschte sie mich mit einer sehr bewegenden Darbietung – es ging um zwei junge Liebende, die durch ein Missverständnis getrennt wurden. Das Publikum war gerührt und wäre sicher noch gerührter gewesen, hätte nicht das schrille Geheul eines Krankenwagens die Stille der gefühlvollen Szene zerrissen. Es war zu schade; dadurch war sie nur noch halb so schön.

Am nächsten Morgen lief ich los und kaufte alle Zeitungen aus schadenfroher Neugier, ob nun Barry oder Caroline mehr Erwähnung fänden. Caroline gewann mit großem Abstand. Die Feuilletons waren voll begeisterter, offenbar noch am Vorabend verfasster Filmkritiken, und von den Titelseiten prangten in letzter Minute ausgetauschte Schlagzeilen und zweispaltige Berichte über den Selbstmordversuch am Abend des glanzvollen Debüts. Die Klatschreporterinnen spielten den Umstand hoch, dass sie während der Premierenvorstellung mit Sirenengeheul am Kino vorbeigefahren worden war.

Zwei Wochen später, als sie sich kräftig genug fühlte, um Besuch zu empfangen, fuhr ich zum Krankenhaus. Ich hätte mich fast selbst einweisen lassen, als ich Barry erblickte. Er war tatsächlich gekommen, gab sich besorgt und besitzergreifend und ließ sich nicht anmerken, dass er beinahe die Verantwortung für ihren Tod trug oder die Verantwortung für ihren Beinahe-Tod; ich blieb nicht allzu lange. Auf dem Rückweg in die Stadt dachte ich über die Wunder nach, die Ferngespräche und ein Sinn für Dramatik in geschickter Kombination bewirken können. Einer der Freunde, die Caroline angeblich nicht hatte, musste in Paris angerufen haben.

Sie hat ihn geheiratet, was sonst, und seit sie ihre Filmkarriere ihm zuliebe an den Nagel gehängt hat, haben die beiden jede Menge Zeit, einander Vorwürfe zu machen. Drei Jahre ist das nun her, und bislang halten sie ihre Streitigkeiten von den Scheidungsanwälten fern; ich glaube allerdings, dass ihnen das nicht ewig gelingen wird und dass eine aus Zwang und Misstrauen geborene Liebe nicht anders enden kann als in Zwang und Misstrauen; obwohl ich selbstredend ein zynischer Mensch bin und mir deshalb vielleicht kein Urteil erlauben sollte über die idyllischen Romanzen junger Menschen.

EIN MÄDCHEN
AUS EINFACHEN VERHÄLTNISSEN

Eloise Everette Elkins stand auf der morschen Treppe
eines Holzhauses mit verblichener Fassade und regen-
farbenen Dachvorsprüngen. Sie und das Haus befan-
den sich im Zentrum einer Kleinstadt, deren Industrie
binnen weniger Jahre so stark gewachsen war, dass
der Sachverstand der Einheimischen längst nicht mehr
ausreichte. Aus diesem Grund waren sämtliche gut bezahlten Stellen mit zugezogenen jungen Männern be-
setzt, die aus den umliegenden Großstädten zugezoge-
ne Freundinnen hatten und kein Bedürfnis verspürten,
Eloise kennenzulernen. Woraus folgte, dass alle jungen
Männer, die sie hätte heiraten können, nicht zum Heiraten geeignet waren und sich mit einem Lohn über
Wasser hielten, den Eloise, wie sie fand, ebenso gut
selbst verdienen könnte. Eine Industrie, die einmal
Fahrt aufgenommen hat, wächst schneller als Menschen und Städte über sich hinaus; eine Zeit der Bra-
che lässt sie nicht zu, was für Leute, die immer neben
ihrem Acker gelebt haben, gewöhnungsbedürftig ist.
Eloise war zwanzig und hatte eine sehr behütete, wenn
auch mittellose Kindheit verbracht. Ihre beiden Tanten
und ihre Großmutter schimpften oft mit ihr, weil sie
so faul war, was aber praktisch nichts nützte. Mutter
und Vater hatten dafür gesorgt, dass sie ein Frauen-

college im Süden des Bundesstaates besuchen konnte, und die Natur hatte Eloise mit einer Überfülle an Talenten ausgestattet. Sie behielt die Strophen und Refrains sämtlicher Lieder, die in den zurückliegenden fünf Jahren in Mode gewesen waren, erwies sich als wahres Talent an der Ukulele, lernte neben den Football-Regeln auch zehn Gedichte auswendig und eignete sich einen schwärmerischen Kleidungsstil an. Für ein Mädchen mit so angelsächsisch reiner Haut muss es ziemlich strapaziös gewesen sein. Eloise konnte auch stenografieren, allerdings eher dilettantisch; wenn es doch einmal klappte, freute sie sich wie eine berühmte Person, die einen Vortrag in einer fremden Sprache hält. War der Herd elektrisch und nicht allzu groß und ließen sich die einzelnen Speisen nacheinander zubereiten, konnte sie das Frühstück machen.

Ihre Augen waren so klar, dass man die Mechanik dahinter zu erkennen meinte, und insgesamt wirkte sie selbst für ein amerikanisches Mädchen ungewöhnlich hübsch und frisch. Sie hatte, so wie Mary Pickford[9], die Beine einer Zwölfjährigen, dazu eine Vorliebe für diese klobigen Schnürstiefel mit Gummisohle, die allen Ausländern den Eindruck vermitteln, wir Nordamerikaner wären ein besonders robustes Volk; doch sobald Eloise in ihre hochhackigen Silberschuhe schlüpfte, die zu Tüll und Taft hervorragend passten, hatten ihre kurvigen Beine überhaupt nichts Kleinmädchenhaftes mehr. An diesem Morgen ließ sie sich jedenfalls auf der Treppe nieder und streckte ihre Füße von sich. Sie saß auf der dritten Stufe von oben, deren abgetretene Kante am wenigsten splitterte und ihr keine Laufmaschen in die Strümpfe reißen würde, was nur bewies, dass Eloise gewissenhafter sein konnte, als sie meistens war. Sie schlug die Abendzeitung vom Vortag auf. Sie hatte beschlossen, arbeiten zu gehen, und wollte sich nun die Stellenanzeigen ansehen. Mit einer Mischung aus Argwohn, Angst und Interesse las sie, dass Putzkräfte in Teilzeit gesucht wurden und Leute, die Pralinen in Schokolade tauchen oder mit dem Verkauf namenloser, geheimnisvoller und scheinbar hoch komplexer Produkte ein Vermögen verdienen wollten.

Eloise wusste, sie wäre *niemals* in der Lage, etwas zu *verkaufen*; ihr träger Blick rutschte in der Zeitungsspalte abwärts. Ganz unten entdeckte sie eine säuberlich umrahmte Annonce, so seriös wie eine Visitenkarte, die in knappen, aber eindringlichen Worten kundtat, Mr. und Mrs. Goatbeck seien auf der Suche nach Eloise.

Offenbar waren die Goatbecks Eltern eines sehr kultivierten Kindes, das in einem kultivierten, aber recht abgelegenen Haushalt aufwuchs und niemanden zum Spielen hatte. Eloise könnte fünfundsiebzig Dollar im Monat verdienen, wenn sie sich nur natürlich gab und das kleine Mädchen davon abhielt, ein Auto über den Haufen zu rennen. Sofort hatte sie all die kultivierten Dinge vor Augen, die man sich für fünfundsiebzig Dollar leisten konnte, vor allem Fünfundzwanzig-Dollar-Kleider und Zehn-Dollar-Parfüms. Sie multiplizierte die Summe mit vier und dann mit fünf und dachte an New York und den Broadway, was sie nach einer Weile an die Theateraufführung ihrer Abschlussfeier erinnerte, als ihr der Collegepräsident persönlich gesagt hatte, sie besitze viel schauspielerisches Talent.

Eloises Ehrgeiz war geweckt, und so fiel es ihr leicht, ihre aufregenden Pläne für die kommenden Monate an den Abendbrottisch zu tragen. Bei Süßkartoffeln, Hackbraten und Brötchen verkündete sie, sie werde ausziehen. Selbst während ihres «Studiums» hatte sie daheim geschlafen, deswegen war es kein Wunder, dass Mutter sie sich sofort in einem fremden Land vorstellte, wo sie sich fremde Krankheiten einfangen würde – so etwas wie Lungenentzündung, nur noch schmerzhafter – und wo niemand wäre, der sie pflegen könnte. Mutters Erregung hatte vage mit Gesetzen, Gesundheitsbehörden und britischen Pfund zu tun. Vater konnte ohnehin nicht verstehen, wieso die jungen Mädchen nicht einfach zu Hause blieben, aber er hatte eigene Sorgen und es sich zur Grundregel gemacht, immer erst hinterher zu jammern.

Die Tanten waren der Meinung, dass eine gute Anstellung für Eloise nur von Vorteil wäre. Sie hatte die Kinder der Tanten gehütet und genug Erfahrung, sie würde Geld sparen können, und wozu waren schließlich Telefone da; und so erklärten sich alle einverstanden. Als jeder seine berechtigten Einwände geäußert hatte und endlich zufrieden war, brachen Eloise und ihr zukünftiger Verlobter in dessen Gebrauchtwagen auf, um ein Vorstellungsgespräch mit den Goatbecks zu führen.

Eloise war nun seit vier Jahren mit unterschiedlichen Modellen desselben jungen Mannes fast verlobt. Immer besaß dieser junge Mann einen Gebrauchtwagen, einen Pelzmantel, eine wilde Mischung von Charaktereigenschaften, die einen extrovertierten Menschen ergeben, und einen vergoldeten Football an einer Kette. Dass er während des Vorstellungsgesprächs in seinem langen, grauen Wagen auf sie wartete, verstärkte in Eloise den Eindruck, aus beschränkten Möglichkeiten wählen zu müssen. Unzählige junge Amerikaner haben der Realität nicht mehr entgegenzusetzen als den Wunsch, sich von den Träumen und Erwartungen ihrer Eltern zu befreien; der älteren Generation hat es gereicht, Kinder zu haben und ihnen eine Farm zu vererben, doch der jüngeren bleibt nur das Gefühl der beschränkten Möglichkeiten. Ihr ist die Klarheit abhandengekommen, die für ein erfolgreiches Leben maßgeblich ist. Sie unterdrückt ihr Jammern und schluckt ihren Stolz herunter, doch auf das erste Scheitern folgt unweigerlich das große Schmollen.

Das Gefühl ist allerdings eine ausgezeichnete Voraussetzung dafür, den kultivierten Nachwuchs anderer Leute zu betreuen. Eloise erzählte der Lady bescheiden, sie brauche Arbeit und liebe Kinder, und die Lady sagte, Eloise sei eigentlich viel zu hübsch, um sich in einem Kinderzimmer zu verstecken. Dieser Gedanke gefiel Eloise sehr, sie badete in Wohlbehagen und tapferem Selbstmitleid. Sie nahm sich vor, perfekt zu sein und ihre beschränkten Möglichkeiten voll und ganz zu nutzen.

Als sie und der junge Mann auf dem Rückweg waren, betrachtete sie sich als so gut wie mit ihm verheiratet. Er hatte sie auf der Arbeitssuche erlebt. Gemeinsam hatten sie ein überwältigendes Abenteuer durchgestanden. Sie hakte sich bei ihm ein, während er den Wagen steuerte, und alles schien ihr verändert, als hätte sie die neue Stelle schon angetreten, alle Stellen eigentlich, als wäre sie endlich bereit, mit dem Pelzmantel und dem Football zusammenzuleben und für den Rest ihres Lebens das Frühstück auf einer Ukulele zuzubereiten.

Hätte man Eloise sechs Monate später nach ihrem Befinden gefragt, hätte sie geantwortet, sie arbeite pausenlos, sei mit den Nerven am Ende und das Leben nicht lebenswert. Hätte man Mrs. Goatbeck gefragt, hätte man zu hören bekommen, dass Eloise es nicht einmal schaffte, ihre Schuhe in einer Reihe aufzustellen, und dass das kultivierte Kind nur mit viel Glück einer ganzen Reihe von Unfällen entgangen war.

Doch Eloise hielt durch und gab ihr Bestes, es sei denn, sie war am Vorabend zu spät ins Bett gekommen; anscheinend hatte sie nach der Lektüre der vielen Schauspielschulenprospekte tatsächlich vor, ihre Zukunft in die eigenen Hände zu nehmen. Sie sparte eisern auf eine Ausbildung in New York.

Aber dann kam der Frühling dazwischen, wie immer im unpassenden Moment. In den Schaufenstern lagen die neuesten Golfschuhe aus, durch die neuerdings einen Spaltbreit geöffneten Türen der Drugstores wehte der Duft von Schokolade, die Grammofonmusik aus den Billigkaufhäusern übertönte sogar die Straßenbahn, und Eloise wurde schwach.

Zunächst kaufte sie einen dünnen, hellbraunen Mantel, den sie erst würde tragen können, wenn es viel zu warm für Mäntel war. Zum Ausgleich forderte sie weitere Prospekte von weiteren Schauspielschulen an und trug den Mantel trotzdem, woraufhin sie die Grippe bekam. Weil sie so lange das Bett hüten musste, erlitt sie einen furchtbaren Einsamkeitsanfall, über den sie sich mit einem blauen Federding und einem grünen Etwas mit rosa Applikationen hinwegtröstete. Sie kaufte sich ein rundes Hütchen, das viel zu alt für sie war, und ein zweites, das sie schief auf dem Kopf trug und das an die Ringe des Saturn erinnerte. Natürlich hat so viel Selbstdarstellung ihren Preis. Der Lady erzählte sie weiterhin, sie spare jeden Cent ihres Lohnes und werde in drei Monaten, zu Beginn des Sommers, nach New York gehen.

Die Selbstdarstellung diente einem Zweck: Sie stärkte Eloises Vertrauen in das Urteilsvermögen von Collegepräsidenten und bescherte ihr obendrein ein paar neue Verehrer. Einer hatte ein Gesicht so offen wie ein gesprengter Safe, ein anderer wusste Eloise «Die Damen» von Kipling aufzusagen.

Schließlich war sie so überzeugt, mit dem Geld, das sie künftig sparen würde, in New York über die Runden zu kommen, dass sie nach Hause fuhr, um ihrer Familie den Plan zu unterbreiten. Vaters Meinung zum Showgeschäft war geprägt von den Kinetoskopen der 1890er-Jahre, Mutter leitete die ihre aus dem Alten Testament ab. Sie führten sich auf, als wollte Morris Gest «Das Mirakel» in ihrem Wohnzimmer inszenieren![10] Doch all die Autogrammkarten und Footballanhänger in ihrer Schreibtischschublade schenkten Eloise Kraft, und sie stürzte sich mit so viel Elan in die Arbeit, dass das kultivierte Kind zwei Multiplikationstabellen täglich lernte. Sie hatte nur noch ein Ziel: zu sparen.

Lange Tage verstrichen. Vormittags fand Heimunterricht mit eigens angeschafftem Lehrmaterial statt, und Eloise entwickelte einen missionarischen Eifer. Am besten gefiel ihr die halbe Stunde in griechischer Mythologie. Wenn sie hörte, wie die verworrenen Namen die Zunge des Kindes verdrehten, schwante ihr, dass das Leben insgesamt doch sehr bizarr war.

Eloise hatte ihren Schützling recht lieb gewonnen, so lieb, dass sie die Kleine während der langen Spaziergänge durch die Natur komplett vergessen und sich ihren Träumen überlassen konnte, die sich aus der trüben Vergangenheit und der ungewissen Zukunft zusammensetzten – sie waren weder rosig noch verschwommen noch klar, sondern glichen einfach nur einer Flut warmen Lichts. Sie fühlte sich wie eine Blinde, die plötzlich in der blassen Frühlingssonne steht.

Abends badete sie das Kind und sang ihm Revueschlager vor, und später, falls die Eltern zu Hause blieben, ging Eloise mit ihrem aktuellen Verehrer ins Kino oder im örtlichen Hotel tanzen. Eloise liebte Eiscreme. Seltsam, dass ihrer Haut nicht anzusehen war, wie viel davon sie auf Kuchen und in Torten und zu Bananen aß, oder getarnt als Auflauf oder Suppe oder Pudding. Dass sie diese bescheidenen Freuden so genoss, war allerdings kein Zeichen von Bescheidenheit.

Der Frühling machte jetzt Ernst, und in den Augen von Mr. und Mrs. Goatbeck ähnelte Amerika zunehmend der engen Hosentasche eines kleinen Jungen. Fernweh breitete sich im Haus aus, bis die vorstädtische Stille lauter brummte als Fliegen in einer Flasche. Eloise ging immer öfter abends aus, und während die warme Luft Kapriolen schlug, zerfloss und gleich einem müden Ballon zu Boden sank, ließ ihr Ehrgeiz immer mehr nach. Obwohl sie sich vorgenommen hatte, bis zur Abreise der Goatbecks gute Arbeit zu leisten, holte ein Fehler den nächsten ein. Zuletzt stolperte sie orientierungslos in der Wüste ihrer unerledigten Aufgaben herum, auf Schritt und Tritt verfolgt von dem Kind. Es lief ihr nach wie ein neugieriger Welpe, der interessiert an unbekannten Objekten schnüffelt.

Vier Tage vor dem großen Aufbruch kam es zum Eklat. Es gab Anschuldigungen auf der Treppe, Gleichgültigkeit im Kinderzimmer, Tränen auf dem Flur und heimliche Telefonate in zutiefst gekränktem Tonfall. Offenbar herrschte in allen Schränken Unordnung, das Kind hatte keine sauberen Socken mehr, und auf der Telefonrechnung fanden sich Verbindungen mit unbekannten Nummern im Wert von acht Dollar. Die Liste der Verfehlungen war endlos. Eloise versuchte, sich die Vorwürfe zu Herzen zu nehmen (sie räumte Mrs. Goatbeck gegenüber sogar ein, ihre Pflichten in letzter Zeit vernachlässigt zu haben), aber nun war es zu spät. Ihr blieb nichts übrig, als sich eines Nachmittags von einem schlachtschiffgrauen Gebrauchtwagen abholen zu lassen, zusammen mit ihren Fotos und Tanzkarten und den Empfehlungsschreiben, die Mr. Goatbeck ihr für die Theaterintendanten von New York mitgegeben hatte – genug, um sie in vierzig Tanztruppen und einer Besserungsanstalt unterzubringen.

Doch für Eloise war Tatkraft ein Gottesgeschenk, auf das man warten muss wie ein Gefangener auf die Gerichtsverhandlung; bis dahin ist man von Hoffnung erfüllt oder von dunklen Vorahnungen. Als sie wieder nach Hause kam, fühlte sie beides. Sie wusste nicht genau, ob sie wirklich so besonders war, wie sie immer geglaubt hatte. New York schien furchtbar weit entfernt von dem gelben Holzhaus, das morgens von Putzgeräuschen erfüllt war und abends von den tanzenden Schatten des Kaminfeuers und sonntags vom Duft eines köstlichen Essens. In der Tat war New York so weit entfernt, dass ganze drei Monate ins Land gingen, bevor Eloise sich abermals vorsichtig in einem Fleckchen Sonne auf der dritten Treppenstufe niederließ und die Füße in den gummibesohlten Schnürstiefeln von sich streckte. Sie schlug die Abendzeitung auf und überflog die Stellenanzeigen.

Als die Goatbecks ein paar weitere Monate später zurückkehrten, arbeitete Eloise längst im örtlichen Kraftwerk, wo sie die Position des hübschen Mädchens bekleidete. Die vielen Gebrauchtwagen, die ab halb sechs vor dem Werkstor warteten, trugen erheblich zum abendlichen Verkehrsstau im Gewerbegebiet bei.

Einmal begegnete das kultivierte Kind ihr in einem Theaterfoyer wieder; es konnte sich nicht an Eloises zarte, helle Haut oder an ihre Augen erinnern, die schimmerten wie durchsichtige Perlen, wohl aber an einige Gouvernanten, die Miss Elkins vorausgegangen waren. Eloises Herz hatte es aufgegeben, gegen die generationenalte Apathie erschöpfter Farmer, kleiner Anwälte, Landärzte und Bürgermeister anpumpen zu wollen. Sie konnte sich nicht mehr vorstellen, im Leben überhaupt etwas zu erreichen. Sie stammte von erschöpften Vorfahren ab. Doch vielleicht ist für manches hübsche Gesicht das Kraftwerk der richtige Ort; vielleicht war Eloise einfach nicht für den Broadway bestimmt.

MISS ELLA

Die vertrocknete Verbitterung hing hinter Miss Ellas Augen wie Knoblauch an einer Schnur über einem offenen Feuer. Der beißende Rauch süßer Erinnerungen hatte ihre Lidränder mit der Zeit gerötet, und manchmal glänzten ihre Augen wie blank poliertes Kupfer. Wobei sie eigentlich kein Mensch war, den man sich gut am Herd vorstellen konnte, geschweige denn ein Mensch, den pfleglich zu behandeln sich das Leben besondere Mühe gegeben hatte. Sie war elegant und erinnerte an jene kolorierten Damen, die schicke Handschuhschachteln zieren. Wenn sie sonntags die Chorhaube trug, ragte ihr rotes Haar darunter hervor, als wollte es die Konturen ihrer Persönlichkeit farbig hervorheben.

Als ich klein war, habe ich Miss Ella geliebt. Ihre zarten Füße mit dem hohen Spann, kühl und glatt wie eine winterliche Schneewehe, steckten im Sommer in weißen Leinenschuhen. Sie benutzte einen Sonnenschirm aus Spitze und war von einer so vogelartigen Nervosität, dass sie beim Sprechen auf den Zehenballen wippte. Manchmal war sie bei uns zu Gast, ich erinnere mich, wie sie nach dem Abendessen neben unserem Herd stand und vor sich hin zwitscherte, wobei sie den zuckenden blauen Flämmchen auswich, die aus der

Kokskohle schlugen; sie glaubte inbrünstig daran, dass «man» sich fit halten konnte, indem man spätestens zwanzig Minuten nach dem Essen von seinem Platz aufstand.

Wer nicht mit ihr blutsverwandt war, fiel für Miss Ella in die unpersönliche Kategorie «man». Sie war streng mit der Welt, und hätte sie im Universum das Sagen gehabt, hätte es dauerhaft in Startposition verharrt, einen Fuß für immer auf dem Kreidestrich. Ich weiß nicht, was sie mehr aus dem Gleichgewicht gebracht hätte: der tatsächliche Beginn des Rennens oder die lähmende Erkenntnis, dass es keines geben würde. In jedem Fall musste «man» fit bleiben, um für alle problematischen Entwicklungen gerüstet zu sein.

Zu entspannen war für sie eine mühsame Angelegenheit, die selten zu Ausbrüchen weiblicher Launenhaftigkeit und fast immer zu beträchtlicher nervöser Unruhe führte. Im Grunde gehörte sie ins viktorianische Zeitalter. Wenn man an heißen Sommernachmittagen auf dem Bürgersteig unterwegs war und in der Ferne Miss Ella im Schatten der hohen Ulmen vor ihrem Haus in der Hängematte liegen sah – sie schaukelte hin und her, ihr Rock streifte Blütenblätter von den Schneeballbüschen –, hätte man niemals erahnt, wie unwohl sie sich fühlte oder wie entschieden sie Hängematten ablehnte. Sie brauchte mindestens drei Anläufe, bis sie einigermaßen bequem lag. Beim ersten löste sich die große Silberschnalle, die ihren federweißen Rock zusammenraffte, beim zweiten drehte sie sich der Länge nach in das weiße Netz ein und lief Gefahr, ihre schlanken Beine auf das Unschicklichste zu entblößen. Beim dritten Versuch stieg sie geradewegs ein und verschob das Arrangieren der Röcke auf später, was ungefähr so umständlich war, wie sich in einer Schlafwagenkoje umzuziehen. Die schwankende Hängematte fächerte ihre roten und gelben Fransen zu einer siegestrunkenen Sichel auf, und auch das verursachte Miss Ella Unbehagen. Sie hielt das Gleichgewicht, indem sie sich mit einer Hand an den Schnüren festhielt und einen Fuß entschlossen in die lehmige Stelle im Rasen unter sich stemmte. Mit der freien Hand öffnete sie Briefe, hielt ein Buch, wischte beiseite, was aus den Bäumen herunterfiel, und kratzte sich, weil bei ihr der Juckreiz einsetzte, sobald sie zum Stillhalten verdammt war.

So gestaltete Miss Ella ihre Tagesruhe. Sie verbat sich jede Störung, bis die Sonne weit nach Westen gewandert und hinter dem großen Haus verschwunden war, bis die letzten Lichtstrahlen durch die rückwärtigen Fenster in die langen Flure fielen und zu den Vorderfenstern wieder heraus, woraufhin sie, vom kalten Eisenflechtwerk des oberen Balkons in schimmernde Splitter zerteilt, in den Bananenstauden darunter landeten. Um fünf kam eine entschlossene alte Dame in einer zierlichen Kutsche, hoch und elastisch federnd und mit beigefarbenem Sonnendach, die Einfahrt herauf. Ihr Haar war schneeweiß, das Gesicht weiß und rosa geschminkt, wie es vor dem Bürgerkrieg en vogue gewesen war. Schon aus der Ferne verströmte sie einen angenehmen Duft nach Iris und Veilchen. Geistesabwesend hielt sie die Zügel mit einer Hand; große Diamanten in altmodischer Fassung beulten die beigefarbenen Seidenhandschuhe aus. Ihr anderer Arm bildete ein starres, steifes Nest für einen gepuderten Spitz. Wenn sie Miss Ella rief, glitt ihre Stimme auf den Sonnenstrahlen durch den Garten und klirrte dabei wie Messingringe, die sanft über eine Gardinenstange gezogen werden. «Ella! Höchste Zeit für eine Erfrischung, mein Kind. Es dämmert schon. Und Ella, sei so gut und suche Tante Ellas Fächer, ja?»

Dann unternahmen Miss Ella und Tante Ella und der weiße Hund ihre nachmittägliche Spazierfahrt und überließen die süße, laue Brise des alten Gartens den duftenden Büschen, den Glühwürmchen und den Spinnen, die im Buchsbaum ihre Netze webten, den Grillen, die ihre Luftsaiten für das nächtliche Konzert stimmten, und drei verträumten Kindern, die jeden Nachmittag darauf warteten, dass die Kutsche verschwand und sie sich daranmachen konnten, die Gartenmauer an ihrer höchsten Stelle zu erklimmen.

Wir haben diesen Garten geliebt. Im Schatten zweier Maulbeerbäume, wo die Erde unter unseren nackten Füßen besonders glitschig war, stand ein hölzernes Spielhaus, Überbleibsel aus Miss Ellas Kindheit. In meinen Augen war es nie ein Spielhaus gewesen, sondern es kam mir vor wie eines jener Häuser, die wir aus Kinderbüchern kannten: die kleine rote Schule, die Farm, das liebevoll geführte Waisenhaus. Es stand für all die literarischen Schauplätze, die in meinem Leben nicht vorkamen. Ich wagte mich nur ein einziges Mal hinein, aus Ekel vor den fetten Maden, die aus den Maulbeerbäumen fielen. Drinnen war es trocken und staubig und der Fries mit Apfelblüten, den Miss Ella vor langer Zeit selbst angeklebt hatte, verblasst.

Niemand sonst näherte sich je dem Spielhaus, nicht einmal Tante Ellas Großnichten, die gelegentlich zu Besuch kamen. Es lag verborgen hinter Büscheln von Narzissen und Hyazinthen, die die Sommerhitze hatte verdorren lassen, und über den winzigen Giebel neigte sich ein Hibiskus und verstreute seine zerdrückten lilafarbenen Blütenkelche auf dem Dach. Mit der störrischen Würde vergessener Dinge diente das Haus als Sarkophag für eine alte, rostige Schrotflinte. Hier fanden wir eine wilde Oase im sonst so ordentlichen Garten. Aus dem sorgsam beschnittenen Grün quollen fedrige, muschelfarbene Büsche, die im Frühling übersprudelten wie Erdbeerlimonade; hier gab es runde Beete mit Elefantenohren, auf deren Blättern nach einem Schauer die Regentropfen standen wie leuchtende Quecksilberkugeln. Es gab rosa Lilien auf biegsamen Stängeln und Schneeglöckchen und Büsche mit flaschengrünen Blättern, die, wenn man an ihnen zupfte, zerfransten wie Webstoff. Die Kamelien warfen braune Blüten auf die feuchten Treppenstufen des eckigen, ernsten Hauses, und um die kantigen Säulen rankten sich schwere Zöpfe aus Glyzinien. Am frühen Morgen trat Miss Ella mit einem Korb aus Maisstroh aus dem Haus und pflückte die schönsten Blüten für die Kirche. Sie behauptete, ihren Garten selbst zu pflegen, aber in Wahrheit erledigten das die Natur und ein uralter Schwarzer. Vor der Küchentür hatte der greise Mann ein sternförmiges Beet mit riesigem gelbem Blumenrohr angelegt, dessen Blätter mit braunen Stellen übersät waren, und ein halbmondförmiges mit lila Stiefmütterchen. Wenn er uns im Garten erwischte, schimpfte er unflätig; er hatte, was das Grundstück anging, einen Besitzerstolz entwickelt und bewachte das Spielhaus wie einen Heiligenschrein.

In dieser Atmosphäre spielte sich Miss Ellas Leben ab. Niemand verstand, warum sie sich mit so wenig begnügte, warum sie niemals dem Zweisitzer des Doktors folgte, der abwechselnd vor dem Club in der Stadt und am Straßenrand vor ihrem schattigen Rasen parkte. Der Grund war Miss Ellas Geschichte, die wie alle Frauengeschichten eine Liebesgeschichte war und wie die meisten Liebesgeschichten in der Vergangenheit spielte. Für viele Menschen ist die Liebe so trügerisch wie die Marmelade in «Alice im Wunderland» – gestern Marmelade, morgen Marmelade, nur heute gibt es keine.[11] Jedenfalls nicht für Miss Ella, die immer noch von der Marmelade vergangener Tage zehrte und im Leben die Gefühle nur streifte, wie ein Vogel, der dicht über der Wasseroberfläche fliegt und dessen Flügel glitzernde Tropfen in die Luft wirbeln.

Als junge Frau war sie so schlank und schmal wie eine Porzellanfigur gewesen; sie war in langen Glasbatist eingehüllt, der sich im Takt eines Walzers wellte, und sicher umfangen von dem erhobenen, angewinkelten Arm ihres Verlobten.

Er ragte über ihr auf, eine tiefe Furche in jedem Augenwinkel, die Lippen zusammengekniffen und viele unausgesprochene Worte dahinter, ein Dreieck aus Falten um die Nase. Im Herbst stand er stundenlang knietief im schlammigen Wasser des über die Ufer getretenen Flusses und hielt den langen Lauf der Flinte himmelwärts gerichtet, auf die lockeren Reihen grün gefederter Enten, die gen Süden über das Marschland flogen. Seine Beute trug er als Bündel zu Miss Ella, die die Vögel in ihrer Kiefernholzküche kochen ließ, in Portwein mit dunklem Bier und Orangenschale; das braune, köstliche Aroma wärmte das ganze Haus. Beim Essen saßen sie einander schüchtern an der langen Tafel gegenüber, während dämmriges Licht das Silberbesteck besprenkelte und sanft über die schweren Rahmen der dunklen Stillleben an den Wänden kroch. Sie waren ganz offiziell verliebt. Eine stille Würde, beruhigend wie ein sommerlicher Sonntagmorgen, war ihrer Verbindung eigen. Seine umfassende Rücksichtnahme, ihre bezaubernde Zerbrechlichkeit – sie waren ein harmonisches Paar.

Damals war die Stadt noch klein, elegante alte Damen wippten vergnügt in ihren Schaukelstühlen hinter Buchsbaumhecken, wenn Ella und ihr Verehrer in der gefederten Kutsche vorbeistoben und das Licht sich auf die polierten Radspeichen ergoss wie glitzerndes Wasser auf ein Mühlrad.

Er nannte sie «meine Liebe»; sie nannte ihn immer nur Mr. Hendrix. Nach langen Abendgesellschaften standen sie im weichen Dämmerlicht der alten Halle, und er hielt andächtig ihre Hände, in denen eine Tanzkarte steckte oder eine Schmetterlingsnadel oder ein Püppchen im Federkleid und anderer Krimskrams vom Tanz, Andenken an verträumte Rhythmen, die in ihrem Kopf umhertrieben wie nasse Seide auf Wellen stillen Glücks. Sie gossen ihre Pläne für ihr gemeinsames Leben zwischen die mächtigen Baumschatten, entließen sie in die von zarten Blättersilhouetten gesprenkelte mitternächtliche Dunkelheit – bescheidene, solide Pläne zweier Verliebter. Er erklärte ihr, wie alles zu sein hatte, und sie fügte sich, freute sich über seine geflüsterten Worte, die sich vor ihr auftürmten wie Rauchschwaden in einem luftleeren Raum.

Beide waren verhalten gläubig, weil das seinerzeit modern war, aber dann verhedderte sich ausgerechnet in der Kirche Andy Bronson in den zarten Banden, trat darauf und riss daran, bis die ausgefransten Enden traurig in die Höhe ragten wie kaputte Saiten aus Katzendarm. Miss Ella und Mr. Hendrix wollten sich im Frühling in der quadratischen weißen Kirche trauen lassen. Von hinten, wo Treppen mit schmiedeeisernem Geländer auf die Empore hinaufführten, wollten sie feierlich durch das von feinem Puderdunst und grünem Lilienduft erfüllte, von weihevollen Kerzen erhellte Kirchenschiff schreiten, um am Altar einen Tauschhandel mit Gott zu schließen: Fleiß und Freundlichkeit gegen die Unverletzlichkeit der Gefühle. Er sprach von immerwährender Schönheit und Ruhe, und sie sagte: «Ja.»

Davon träumten sie zur Adventszeit, gedankenverloren sortierten sie ihre Träume, Seite an Seite, wie man saubere Laken in den Wäscheschrank legt. Nach dem Weihnachtsgottesdienst gab es Eierlikör und Limonade, silberne Kuchentabletts mit aufgeschnittener Obsttorte und Schalen voller Nüsse und Bonbons im Gemeindesaal. In der Kirche war es warm, die jungen Herren gingen aus und ein und brachten den Geruch von Mänteln und in der Kälte gerauchten Zigaretten und ihren Bourbonatem mit. Und mitten im verrauchten weiblichen Chaos stand Andy Bronson. Der Festtrubel hatte ihm glühende Kränze auf die Wangenknochen gelegt, und seine geheimnisvolle Gelassenheit ließ schändliche Absichten erahnen.

In Miss Ellas Augen war er bloß Teil eines Stilllebens jenseits ihrer Wirklichkeit, während sie angeregt von den guten Jahren schwärmte, die im Kielwasser des zwischen Savannah und New York verkehrenden Flitterwochendampfers folgen würden. Plötzlich wurde die brüchige Grenze zwischen den zwei Wirklichkeiten mit einem Knall niedergerissen und Miss Ella ins Chaos geschleudert: Andy hatte auf der Treppe zur Empore einen gigantischen Feuerwerkskörper gezündet. Ein Funke sprang auf den feinen Stoff ihrer Dolly-Varden-Robe, Ellas Kleid stand in Flammen. Die Menge teilte sich träge, lachte, schimpfte, zeigte, begriff nicht, was passierte, nur Andy bückte sich geistesgegenwärtig nach dem brennenden Rock und schlug die Flammen mit bloßen Händen aus, bis nichts mehr übrig war als schwarz verkohlte Fransen.

Am Tag nach Weihnachten schickte er ihr eine riesige Schachtel, in der, versteckt unter Rosen mit leuchtenden Blütenblättern, schamesrot wie die Purpurflügel eines Käfers, mehrere Ellen persischer Seide lagen, und dann schickte er ihr Elfenbeinperlen, einen Fächer mit schaukelnden Dresdner Damen zwischen Perlmuttstäben, er schickte ihr seinen Phi-Beta-Kappa-Schlüssel[12] und eine hübsche Miniatur seiner selbst, auf der seine sanften Augen größer wirkten als sein ganzes Gesicht – wahre Schätze. Zuletzt schenkte er ihr einen Sternsaphir (den sie in einem Ledersäckchen um den

Hals trug, aus Rücksichtnahme auf Mr. Hendrix), und sie liebte ihn mit verzweifelter Zurückhaltung. Eines Abends wagte er sich küssend bis weit in das Rosa hinter ihren Ohren, sie hing schlaff in seinen Armen wie eine Flagge bei Windstille am Fahnenmast.

Wochenlang konnte sie es Mr. Hendrix nicht sagen. Sie sparte sich die furchtsam ersehnte Szene auf, feilte an der Dramatik. Als sie es ihm dann erzählte, wandte er den Blick ab und ließ ihn schweifen wie ein Kapitän auf hoher See. Mit der unendlichen Traurigkeit eines Generals, der sein Schwert dem Feind übergeben muss, starrte er über ihren kleinen Kopf hinweg auf ferne Horizonte, fand keine Worte und keine Gedanken, die er ihrer erwartungsvollen Ergriffenheit hätte entgegensetzen können. Schließlich drehte er sich um und schob die zarte Frühlingsluft langsam vor sich her, über den Kiesweg und bis auf die Straße hinaus. Danach kam er noch ein Mal zu Besuch, an einem Sonntag saß er steif auf dem knolligen Mahagonisofa und nippte an einem eisigen Mint Julep[13]. Seine Niedergeschlagenheit riss Löcher in die Luft, Miss Ella war froh, als er endlich ging und sie wieder lachen konnte.

Der Südstaatenfrühling verstrich, die zarten Veilchen und weiß-gelben Birnenblüten, die Narzissen und Gardenien ergaben sich dem tiefgrünen Schlaflied des Maianfangs. Ella und Andy sollten am Nachmittag im weitläufigen Salon getraut werden, zwischen Samtvorhängen und Empirespiegeln, umgeben vom Dunst längst vergangener Leben. Das ganze Haus war geputzt und poliert, alle Schatten und Erinnerungen waren an den rechten Ort gerückt. Im Esszimmer ragte die Hochzeitstorte aus einem Gebinde aus Stechwinden auf, Dekanter mit Portwein standen vor langen Spiegeln auf der Anrichte und glühten wie Granate. Zwischen Salon und Esszimmer erstreckte sich ein weißes Spitzenspalier, durchrankt von weißen Lilien und Schleierkraut, an dessen blumigem Ende ein improvisierter Altar stand.

Im Obergeschoss wühlte Miss Ella in den Tiefen des neuen Kleiderschranks, der Zeder und Lavendel atmete. Feine Leinennachthemden und bestickte Chemisen wurden vorsichtig in die Regale gelegt, seidene Duftsäckchen hockten zögerlich auf so viel Neuem. Das schwarze Dienstmädchen stand vom Tohuwabohu gebannt am Fenster hinter den gepunkteten Vorhängen und sog die Szene auf, schaute hierhin und dorthin; ihr Blick aus großen schwarzen Augen rüttelte aufgeregt an den Bäumen und trug die Friedfertigkeit des Gartens in das Zimmer hinein.

Miss Ella hörte den Vorhangstoff reißen, als die starken schwarzen Hände ihn von der dünnen Stange zerrten. «O Gott – o Gott – o Gott.» Das verstörte Mädchen sackte zusammen. Miss Ella stürzte auf die schwere Gestalt zu, die mit abgewandtem Gesicht auf das Fenster deutete. Ella bekam Todesangst.

Die Büsche wiegten sich sanft in der lauen Brise. Zur Linken gab es nichts Besonderes zu sehen: Weit unten auf der Straße rollte eine Kutsche vorbei, Pflanzen, deren Blüten längst abgefallen waren, wucherten still vor sich hin. Der Anblick des heraufziehenden Sommers beruhigte Ella, und ihr klopfendes Herz rutschte wieder an seinen Platz zurück. Sie warf einen Blick nach rechts, in den Garten. Mr. Hendrix lag auf der Treppe des Spielhauses, sein Gehirn war als blutige Masse am Boden verteilt. Seine Hände hielten die alte Flinte fest umklammert. Er war mausetot.

Viele Jahre vergingen, doch Miss Ella hatte jede Hoffnung auf Liebe aufgegeben. Sie steckte sich das Haar lockerer hoch, ihre Röcke wurden im Laufe der Zeit immer weißer und ihre Mieder steifer. An den Nachmittagen unternahm sie Spazierfahrten mit Tante Ella, sie engagierte sich in der kleinen Kirchengemeinde, und währenddessen wurden ihre Lidränder röter und röter, wie die einer Frau, die sich übers Feuer beugt, dabei war sie eigentlich kein Mensch, den man sich am Herd vorstellen konnte.

Die beiden strahlten kulinarisches Entzücken und elegante Zufriedenheit aus. Unter dem Blätterbaldachin einer Rosskastanie saßen sie auf einer blank gewienerten Estrade am Tisch und kosteten von dem frischen Mittagslicht, das die langen gelben Spargelstangen auf ihren Tellern in die Hölzer eines bunten Xylofons verwandelte. Der warme, säuerliche Soßenduft und die Frühsommerbrise zankten sich – Tweedledum und Tweedledee[14] – um den Juniflaum, der in der Luft schwebte und hier und da die Aussicht durchbrach wie ausgefranste Löcher einen Wandteppich.

«Erinnerst du dich», sagte sie, «an die Teestuben im Süden mit ihren farbig lackierten Stühlen und an den Gewürzkuchen, den man zum Ein-Dollar-Dinner dazubekommt und der aussieht, als sei er vom letzten Sonntag übrig geblieben? An die senfgelben Tischdecken und fleckigen Kellnerjacketts in den Steakhäusern am Broadway, an den Geruch der Mayonnaise, die in den Einkaufsstraßen zu jedem Essen serviert wird, an die bläulichen Milchpfützen, die auf dem Tresen der Drugstores schimmern wie falscher Opal, an den heimeligen Duft billiger Schokolade und den Geruch fettiger Sahne an den Sandwichtheken? An die sterile Sauberkeit des Upper Broadway und an die mit grel-

lem Neonlicht übergossenen Pfannkuchen im ‹Childs›
und an die Schweizer Restaurants, deren Wände bemalt
sind wie die Mittelsäule eines Kinderkarussells? An die
italienischen Restaurants mit den weißen Spalieren,
die den Uniformtressen kleiner, wichtigtuerischer Polizisten vom Balkan gleichen, und an die kleinen grünen Paprikaschoten, die sich durch einen Sumpf aus
Horsd'œuvres schlängeln wie Strumpfbandnattern, an
die Berge von Spaghetti, die unter roten Lampions und
Papierblumen aussehen wie auf dem Tanzparkett zu-
sammengeschobener Kehricht?»

«Ja», sagte er wehmutig, «und im Licht, das durch
die majestätischen Fenster des ‹Plaza› fällt, kringeln
sich Speckstreifen auf der Landwurst, und von den
schmalen roten Sitzbänken, die sich an den Wänden der
Park-Avenue-Restaurants entlangziehen, weht das Aroma von Honigmelone mit einem Hauch Zitrone herüber, und während des Mittagessens im ‹Chatham› wird
Männlichkeit bewiesen und beim Dinner im ‹St. Regis›
Diplomatie betrieben; es gibt Kaviar auf Eis, und im
Winter türmen sich die Erdbeeren auf dem Buffet zu
Pyramiden so hoch wie die Wasserfontänen der Brunnen von Versailles oder Trianon oder Fontainebleau.»

«Wenn man spät am Sonntagabend im ‹Lafayette›
isst», fuhr sie verträumt fort, «stehen auf allen Tischen
Kaffeetassen, und durch die bodentiefen Fenster dringt
das Pfeifen vom Asphalt herein, und hinter Kästen mit
verblichenen Kunstblumen sitzen Leute, die ihren Ge-
sprächsstoff aufgeraucht und die Asche auf ihre Un-
tertassen geschnippt haben, und im ‹Brevoort› essen
viel beschäftigte Männer dicke Steaks, ihre Kaubewe-

gungen klingen wie Schritte in einem mit flauschigem Teppich ausgelegten Korridor. In den Kellern, über deren Treppen alte englische Schilder hängen, liegt der Plumpudding seit Jahren vergraben, und wer sich die Mühe macht, ins Obergeschoss zu steigen, entdeckt mütterliche Salatnester und vielleicht sogar etwas Obst aus Hawaii.»

«Ah, und bei ‹Delmonico's› gibt es Essen, das nach Ozeandampfer schmeckt», sagte er, «und der Salat bei ‹Hicks› ist eine Pracht, alles glänzt und kullert über den Teller wie die Juwelen eines Maharadschas, Käsewürfel und Avocadostücke und Kirschen, die wie Weihnachtsbaumkugeln leuchten. Der Broadway ist mit Shrimps gepflastert und alle Wege nördlich der fünfzigsten Straße mit *filet de sole*. Grapefruits rollen über die Giebel und verwandeln die Dachgärten in himmlische Bowlingbahnen. Der Räucherlachs wartet in den unendlichen Weiten großer Hotelspeisesäle wie eine feine Dame im Boudoir, der teuflisch scharfe Krabbencocktail lässt die Gäste schwitzen, als kämen sie gerade von einem langen Ausritt, und in Restaurants mit berühmten Köchen prasselt das Spritzgebäck auf die Bleche nieder wie ein sommerlicher Regenschauer.»

«Und schwammgleich saugen Waffeln den Sirup auf, der so aromatisch riecht wie die Wärme, die nach einem Juliregen aus den Hecken steigt, und in den roten Backsteinbuden an der Madison Avenue gibt es Hühnchen», fuhr sie fort. «Ich habe in uralten Restaurants mit Bleiglasfenstern unter Palmwedeln gesessen, deren Spiegelbild in meiner Tomatencremesuppe mich an ein Bestattungsinstitut erinnerte; ich habe Süßkartoffeln in der Pennsylvania Station verschlungen und unter den großen Ventilatoren, die den Reisenden Gegenwind ins Gesicht bliesen, Eistee und Ananassalat gekostet; ich habe mich an Club-Sandwiches mit getrockneten Tomaten gütlich getan und jenseits der vierzigsten Straße den Duft nach Essiggemüse eingeatmet.»

«Ja», sagte er, «und im ‹Ritz› schwimmen Himbeeren in den Springbrunnen, die Früchte werden emporgehoben und versinken wie die Tischtennisbälle, die man auf dem Jahrmarkt von einer Wasserfontäne herunterschießen kann, die Damen bestellen mit Ei gefüllte Ofenkartoffeln und …»

«Pardon, est-ce que Madame a bien déjeuné?»

«C'était exquis, merci bien.»

«Et Monsieur, il se plaît chez nous?»

«Was zum Teufel hat er gesagt, Liebes? In Amerika habe ich Französisch gelernt, aber es scheint nicht viel zu taugen.»

«Ah, Sir, ich habe verstanden. Ich habe mir erlaubt zu fragen, ob Monsieur unser Restaurant gefällt, vielleicht?», sagte der Kellner.

ZWEI VERRÜCKTE

I

Der Sommer des Jahres 1924 ließ die Bäume an den Champs-Élysées in blauem Dunst dahinwelken. Es schien, als würden sie sich in den Abgaswolken auflösen. Noch bevor der Juli zu Ende ging, wehte totes Laub über die Place Saint-Sulpice wie die Ascheflocken eines Freudenfeuers. Erschöpft erhob sich der Abend vom Straßenpflaster, und die unruhige Mitternacht sank auf die Stadt nieder, wie ein erkaltendes Soufflé in sich zusammenfällt. An Schlaf war nicht zu denken, und so vertrieb ich mir die Zeit in Montmartre. Das von der Hitze gebackene Gras des Bois war so platt wie zwischen zwei Buchseiten getrocknete Blüten und im Bett zu liegen so gut wie unmöglich, deswegen schlug ich mir in den *boîtes de nuit* eine Nacht nach der anderen um die Ohren in der Hoffnung, meine Wohnung hinterher erträglich zu finden. Auf diese Weise lernte ich Larry und Lola kennen.

Sie hatten damals schon eine kleine Fangemeinde. Ich will damit sagen, es gab Leute, die nur ihretwegen in den «Club» kamen – um sie spielen zu hören, ihnen Drinks auszugeben oder sich bestimmte Lieder zu wünschen. Das junge Paar saß in einem Zustand hoch konzentrierter Erschlaffung vor den Gästen und klammerte sich an den siechenden Frühling, als wollte es ihn den vagabundierenden Amerikanern, die ihn bald gen Süden verschleppen würden, nicht kampflos überlassen. Im Grunde waren sie noch Kinder, alle beide. Lola, eine üppige Schönheit irischer Abstammung, wirkte sinnlich und unersättlich, und eine schwarze Haarsträhne klebte in einem kunstvollen Kringel über ihren schmalen Brauen und den Raubtieraugen, gegen die der kleine Mund verschüchtert und vernachlässigt wirkte. Ihren opulenten Körper schob sie mit bedächtigem Staunen durch die Gegend, wie ein Baby, das die eigenen Zehen entdeckt hat – sehr sorgsam, als zöge sie eine Schachfigur, sodass man am Ende gar keine Bewegung wahrnahm, sondern nur ein pausenloses Sortieren und Zurechtrücken. Man hätte meinen können, sie wäre auf einem Klavierhocker geboren worden.

Die beiden spielten die alten Kriegslieder für mich, und ich ließ meine Jugend auf meinen Knien hüpfen, als wäre sie ein munteres Enkelkind und nicht bloß ein Haufen ungreifbarer Erinnerungen. Aus reiner Sentimentalität freundeten wir uns an. Manchmal, wenn es sehr spät wurde und einzelne Hemdbrüste durch den dichten Qualm kreuzten wie Jachten durch eine Nebelbank, erkundigten sie sich nach meinen Ansichten über die Liebe, über Erfolg und Schönheit. Dann sagte Larry bescheiden: «Ja, meine Lola, *die* ist schön», woraufhin Lola sich kerzengerade aufrichtete und lässig abwinkte. «Kein Wunder, dass wir wenig Ahnung vom Leben haben. Wir waren ja immer zusammen.»

Als ließe das Schicksal sich durch solche Äußerungen beschwichtigen!

In jenen Tagen der allgemeinen Auflösung und des Zerfalls fand ich den Anblick der beiden irgendwie tröstlich. Ihre Freunde waren in zwei Lager gespalten; man wurde sich nicht einig, wer von ihnen eigentlich der zähe und besonnene Part war, der dafür sorgte, dass sie nicht verloren gingen, während sie mit unserem chaotischen Haufen diesseits des Atlantiks Verstecken spielten. Manche hielten die beiden für unverheiratet, weil sie so jung und so hübsch waren. Auf ihrer Hochzeitsreise hatten sie Panama zu Fuß durchquert. Sie teilten einen erfinderischen Pragmatismus, der sie in Abenteuer hineingeraten ließ und meistens auch wieder daraus rettete; weder das undurchsichtige Finanzgebaren der besseren Gesellschaft hatte ihnen etwas anhaben können noch der Schmutz, der im Kielwasser vergnügungssüchtiger reicher Leute schwimmt wie über Bord geworfene Bonbonpapiere. Wenn Lola beispielsweise offenbart hätte, wie sie zu dem Rubinarmband gekommen war, das sie als Erinnerung an eine private Feier auf Long Island trug, hätte sich ein berühmter Millionär kopfüber in die Bucht gestürzt; zufällig weiß ich, dass am Ende eine Herzogin für seinen Sonnenstich bezahlte. Die beiden waren damals so unschuldig wie Kinder und einander so treu wie zwei adelige Windhunde an derselben Leine. Larry sah bezaubernd aus. Er beugte sich über sein Banjo wie ein Footballspieler, der sich an den Ball klammert, und beim Singen zog er den Mund zur Seite. Er heulte drauflos, zerbrach die Noten und fügte sie so naht- und mühelos wieder zusammen wie Zahnrädchen, die ineinandergreifen. Er entlockte den Saiten Töne und ließ sie durch den Raum fliegen, als schüttelte er sich eine möglicherweise giftige Substanz von den Fingern. Wäre er zwanzig Jahre früher oder auf dem Land zur Welt gekommen, hätte er sich das Haar vielleicht zu einer blonden Tolle frisiert und im örtlichen Drugstore gearbeitet. Aber nun war er dem gleichen intellektuellen Sehnen unterworfen wie der Rest seiner Generation und schämte sich ein wenig für seinen Beruf. «Oh, oh, oh», sang er und verführte die kühneren der anwesenden Damen mit Südstaatenblues und spanischer Heißblütigkeit, und dann ging es weiter mit einem rustikalen «Tum-diddle-um-dum», bis sie nicht mehr wussten, wo ihnen der Kopf stand. Er war Banjospieler, und sein Publikum bestand aus Menschen, die mit dem Mond erwachten und empfindsame Musikerseelen in einen Sumpf aus unbestimmtem Unglück ziehen wollten. Unterhalb seiner Augen breitete sich sein ausgesprochen hübsches Gesicht aus wie eine weite, freundliche, rot glühende Prärie. Wenn er beim Lächeln den Mundwinkel bis ans Ohr hinaufzog, legte seine Wange sich in Falten wie ein Satinrock, der über einer regennassen Gosse gerafft wird.

Sie hielten zusammen in Zeiten, als sie sich nicht einmal Notenblätter leisten konnten und den großzügig angebotenen Champagner ablehnen mussten, weil ihr Magen so leer war. Später, als die Unzufriedenheit selbst die unerforschten Tonlagen ihres Lachens durchdrang und ihre Zärtlichkeiten sich zu einstudierten Gesten verhärteten, erzählten sie den Leuten liebend gern vom schwierigen Anfang. Wahrscheinlich brachte es sie einander vorübergehend wieder näher, sich gemeinsam an Tage zu erinnern, als ihnen niemand auch nur fünf Dollar geliehen hätte. Die erste, hitzige Erfolgswelle hatte sie in einen Schuppen geschwemmt, dessen Besitzer stolz darauf war, schon viele neue Talente entdeckt zu haben. Wie sich später herausstellen sollte, bestand ihr Publikum aus den angehenden Heldinnen und Helden der Literaturgeschichte, und einen großen Teil ihres Ruhms verdankten sie den unersättlichen Löwenjägern von Paris. Solange man sein Geld zum Vergnügen ausgeben kann, möchte man vor allem vergessen, dass man welches besitzt; Lola und Larry würden bis zum heutigen Tag und mit großem Erfolg die Patina von der Rue Pigalle fegen, wären sie nicht irgendwann auf die Idee gekommen, ihr «gutes Recht» einzufordern.

Denn in der Folge verstrickten sie sich in endlose Streitereien aus nichtigem Anlass. Mal war der Schlagzeuger schuld, der angeblich ihre Entlassung verlangte, mal der Barkeeper, den Lola verdächtigte, dreckige Witze über sie zu reißen, oder der Geschäftsführer selbst, der einfach nur unmöglich war. Jeder Versuch, sich einzurichten, fiel Lolas ständigen Sticheleien zum Opfer, während Larry, wie ich ahnte, eine gewisse Befriedigung darin fand, Dinge in die Hand zu nehmen, so wie die meisten von uns sich besser fühlen, wenn die wöchentlichen Rechnungen bezahlt sind. Die beiden schienen völlig vergessen zu haben, dass letztendlich alle Jazzmusiker austauschbar sind. Eines Abends wurden sie gefeuert – vermutlich wegen ihrer Trinkerei. Als ich das Lokal betrat, schwebten Lolas erhitzte Wangen über der Menge wie zwei rote Wölkchen, und ihr Blick tastete die massige Silhouette des Geschäftsführers ab, als wäre sie eine Messerwerferin auf der Suche nach einem Ziel. In diesem Durcheinander wirkte die *boîte* seltsam umgekrempelt, als stünden wir alle auf der falschen Seite der Kulisse. Ich meinte, alle Nähte sehen zu können, selbst an der Kleidung der Gäste. Nur Larry blieb ruhig. Er schob die Hände in die Hosentaschen, als wollte er seine bösen Worte mit Fäusten festhalten und nach draußen tragen. Ich hörte ihn Lola zuraunen: «Es gibt nichts zu sagen. Mit einem Geizkragen wie dem lässt sich nicht reden. Hol deinen Mantel, wir gehen.» Ich begleitete sie hinaus und durch die triefenden Schatten der Pariser Nacht, durch das Mauve und Rosenquarz der Straßenlaternen und das Plappern und Klappern der gelben Cafés. Die Dunkelheit summte und brummte und sog die Luft aus den engen Gassen, und bevor ich mich vor einer schäbigen Pension von den beiden verabschiedete, lieh ich ihnen zwanzig Dollar für die ausstehende Miete.

«Diese alte Filzlaus», schimpfte Lola, «der wollte uns bloß loswerden. Er hat behauptet, wir hätten für seinen Geschmack zu viel mit euch zusammengesessen und zu wenig gespielt. Dabei war ich vom vielen Singen manchmal heiser wie ein Strafgefangener, der im Morgengrauen Steine klopft – und zum Dank schmeißt man uns raus!» Sie drehte sich zu Larry um wie ein braves Kind, das versehentlich ein Glas umgestoßen hat. «Und, was tun wir jetzt? Was sollen Larry und Lola nun machen?»

Die Lösung ihres Problems hieß Jeff Daugherty. Jeff war ein geselliger Amerikaner, der Hunderte von gepunkteten Krawatten besaß und seinen Lebensunterhalt damit verdiente, immer vor allen anderen zu wissen, was in der Unterhaltungsbranche der letzte Schrei war. Jeder von uns Ausländern, der einmal um fünf Franc Wechselgeld betrogen worden war, zur Mittagszeit einen Scheck einzulösen versucht oder Ärger mit einem französischen Postbeamten gehabt hatte, wandte sich in seinem Kummer an Jeff, der zuverlässig zu sagen wusste, wo in der Stadt wir ein melodiöses Echo Amerikas finden und unser Heimweh lindern könnten. Larry und Lola eroberten ihn im Sturm.

Man hätte meinen können, es ginge um einen Stammplatz an der New Yorker Börse, so aufgeregt debattierten sie die Frage, wie viel Geld sie für einen Auftritt bei seiner Dinnerparty verlangen könnten. Sie einigten sich auf den absurden Betrag von fünfundzwanzig Dollar. Eine so kleine Rechnung war Jeff vermutlich seit dem College nicht mehr gestellt worden; sein Beschützerinstinkt war sofort geweckt. «Ich habe ein nettes Häuschen an der Riviera, wo ich mich ab nächster Woche aufhalten werde», sagte er und überreichte ihnen in Form seiner Visitenkarte eine bessere Zukunft. «Schaut doch einfach vorbei und spielt für mich.» Jeff zog einen magischen Kreis um seine Telefonnummer. «Das hier», sagte er, «ist die Kombination für meinen Safe.» Später erzählten sie mir, sie hätten den ganzen Nachhauseweg im Laufschritt zurückgelegt, ihre Füße hätten kaum den Boden berührt; wie Marionetten schwebten sie über das Pflaster, getragen von dem Glücksgefühl, in absehbarer Zeit aus Paris herauszukommen.

Im Spätsommer machte ich mich auf den Weg nach Cannes. Die glücklichen, glamourösen Horden waren samt Alkoholfahne nach Biarritz oder in die Schweiz weitergezogen, nach Vichy oder Aix-les-Bains. Dort schwelgten und schwitzten sie und ließen den Blick in blasierter Selbstgefälligkeit über Spieltische schweifen, deren Filz sich nicht im Dunst des Mittelmeers wellte. Ich hatte kaum mein Hotelzimmer bezogen, als Jeff anrief und mich zum Abendessen einlud. Wir waren nie besonders eng befreundet gewesen, aber die Saison neigte sich dem Ende zu; überall bildeten sich zerstrittene Grüppchen und Cliquen mit jeweils eigenen Vorlieben, und ich war froh, irgendwo hineinzupassen. «Ich habe zwei Lämmer in die Finger gekriegt», sagte er, «und heute Abend gibt es ein Schlachtfest. Wenn du blutrünstig genug bist, solltest du vorbeikommen.» Weil ich Jeffs Freundeskreis im Laufe der Jahre als bunt gemischten Haufen erlebt hatte, machte ich mir nicht die Mühe, die Namen der anderen Gäste zu erfragen. Nach einem Tag am sengend heißen Strand zog ich mir Hemd und Smokingjacke über den geschwollenen, sonnenverbrannten Rücken. Meine Schultern kribbelten wie lebendige Fische, meine zittrigen Arme fühlten sich an wie aus Gummi, und im Stillen verfluchte ich Jeff, diesen fleischfressenden Exilanten, und seinen schlechten Einfluss auf uns Realitätsflüchtlinge. Als ich sein Haus betrat, brachte eine um das Klavier versammelte Gruppe die Party auf Hochtouren, wie eine Turbine, die ein Flugzeug in der Luft hält; der Lärm wurde untermalt von einer Stimme voll sanfter Härte, eine desinteressierte, reizvolle Stimme, eine

Königskinderstimme, anmutig und überheblich. Andere Singstimmen hängen in der Luft wie reife, saftige Früchte, die einen Genuss versprechen – nicht diese. Diese barg ein Geheimnis, das nie enthüllt werden würde, weil es seiner Hüterin ebenso fremd war wie allen anderen. Ich erkannte Lola sofort wieder. Ihr Gesang war einzigartig. Dann hatte Jeff also seine Liebe zu den Troubadours entdeckt! Lolas stolze Stimme versetzte die Sommernacht in Ekstase, sie sang inbrünstig von der Liebe. Sie begrüßte mich umständlich und behauptete, sie sei überglücklich, mich wiederzusehen; die ganze Party brach in schallendes Gelächter aus, als sie erzählte, wie sie und Larry die Pensionsbesitzerin um die zwanzig von mir geborgten Dollar geprellt und die Reise nach Cannes damit bezahlt hatten. Ich fand sie übertrieben überschwänglich und hatte nach einer Weile den Eindruck, dass sie und Larry sich zwar tadellos hielten, aber ohne jede Frage sehr betrunken waren. Jeff trank, weil er es nicht mehr anders kannte und der Alkohol zu seinem Tagesablauf gehörte wie die Massage am Morgen, und ich trank, um die Lücken im menschlichen Miteinander zu schließen; Lola und Larry hingegen tranken, weil sie den Eindruck erwecken wollten, sie hätten einen guten Grund dazu. Am Ende war es wohl einerlei, schließlich brauchten sie ihre Drinks nicht selbst zu bezahlen; ich hatte aber das Gefühl, dass sie ihren Platz in dieser komplizierten Welt immer noch nicht gefunden hatten, und es deprimierte mich zu sehen, wie sie jedes Mal davongetragen wurden, noch bevor sie irgendwo Fuß fassen konnten. Voller Besitzerstolz beugte der geschmeidige Jeff sich über das Klavier, und selbst wenn er zwischen den Tischen unterwegs war, konnte man spüren, wie Lolas Aufmerksamkeit ihm durch den Raum folgte. Sie zehrte von seinem Selbstbewusstsein. Larry war von Jeffs Interesse an Lola geschmeichelt, oder er glaubte, es zu sein. In alkoholisierter Engstirnigkeit hielt er mir lange Vorträge, und nachdem die Party auf dem Rücken der Augustnacht zerbrochen war, fuhr ich ihn nach Hause. Wir ließen Lola inmitten zahlloser «Schätzchen» und promisker «Darlings» zurück, die sich über den tugendhaften Jeff hermachten wie Kinder über eine Spielzeugkiste. Er selbst wirkte vollkommen passiv, sogar für eine Kiste. Am nächsten Morgen versuchte Larry, die Tatsache, dass Lola erst zum Frühstück wieder auftauchte, gelassen hinzunehmen. Sie wurde ihm, bildlich gesprochen, zusammen mit seinen Spiegeleiern serviert.

Für den Rest des Sommers war Larry dazu verdammt, den Gleichgültigen zu spielen. Er war ziemlich gut darin und füllte die Rolle bald so zuverlässig aus wie ein Footballspieler, der geduldig auf der Bank sitzt. Am Ende hatte man den Eindruck, er rechne nicht einmal mehr mit seiner Einwechslung. Finanziell hatten sie es gut getroffen, sie spielten auf Privatpartys und eröffneten schließlich sogar einen eigenen Club, der sich nach kurzer Zeit zu Lolas melodischem Gurren selbst einschläferte. Das Tosen der ersten Herbststürme versetzte ihm den Todesstoß. Jeff und sein albernes Gefolge reisten ab. Wir drei blieben zurück und zitterten am Strand unter einer launischen Sonne. Das Meer trübte sich ein, die Badekleidung wurde nach dem Schwimmen nicht mehr trocken, und den allgegenwärtigen, beißenden Geruch des Salzwassers fanden wir zunehmend irritierend. Die beiden versuchten immer wieder, eine distinguierte Entfremdung vorzutäuschen, aber selbst wenn sie stritten, konnte ich sehen, wie sehr sie einander brauchten. Larry benahm sich wie ein Mann in einer Zigarettenreklame, und Lola, die sich eben noch unter Jeffs Augen aufgeplustert hatte, war stolz auf seine vermeintliche Abgeklärtheit. Doch das ständige Frieren bedrohte meine Stimmung, und so beschloss ich, ebenfalls abzureisen. Die zwei hatten noch keine Ahnung, wo sie den Winter verbringen würden, deswegen bot ich ihnen an, sie in Monte Carlo abzusetzen. Die Frische eines ersten Schultags hing verheißungsvoll in der Luft, und während der Fahrt hauchte sie unseren zerfledderten Hoffnungen neues Leben ein. Unterwegs legten wir eine Pause mit Bier und Käse ein und überließen uns wehmütig der herbstlichen Sachlichkeit, die das Kommando über die Küste übernommen hatte. Die weißen Paläste mit der abblätternden Farbe, die in Nizza das Ufer säumen, hatten plötzlich geöffnete Fensterläden, und die grauen Felsen entlang der Küste verschwammen nicht mehr in Gischt und Sonnenlicht, sondern präsentierten sich in ihrer vollen Pracht. Sie wollten bewundert werden und posierten so unverhohlen kokett wie junge Damen im heiratsfähigen Alter. Die Landschaft versuchte, sich gut zu verkaufen. Wir sogen das helle Licht auf, und nach diesem langen Sommer der Täuschungen wirkte es wie eine Infusion der Zuversicht.

Als ich die beiden im gedämpften Tumult von Monte Carlo zurückließ und mich auf den Weg in die nelkenbewachsenen Hügel Italiens machte, hatte ich den Eindruck, mich nicht sorgen zu müssen. Bei den Reichen und Schönen wären sie gut und sicher aufgehoben. Möglicherweise trug die haarsträubende Zahl der uniformierten Polizisten auf der Straße zu meinem Gefühl bei; ist Ihnen jemals aufgefallen, wie viel Schutz die Reichen anscheinend brauchen?

II

In Rom erreichte mich ein Brief. «Jeff hat uns ein wunderbares Engagement im ‹Café de Paris› verschafft, aber wir konnten leider kein Geld beiseitelegen. Wir belästigen dich nur ungern, aber Lola ist in Schwierigkeiten, und wir wären dir unendlich dankbar, wenn du uns vierzig Dollar borgen würdest. Wir können uns derzeit kein Kind leisten, obwohl wir furchtbar traurig sind.» Selbstverständlich schickte ich ihnen das Geld. Sie schrieben mir hin und wieder, und im Zuge unseres Briefwechsels stellte sich heraus, dass der letzte Nachfahre einer Pharaonendynastie ihnen ein riesiges, ausschließlich aus Boudoirs bestehendes Apartment in einem jener Gebäude überlassen hatte, deren blendende Fassaden und pompöse Galatreppen sich an die Hügel Monacos schmiegen wie ein Korsett. Offenbar lebten sie in königlichem Chaos, sie tranken und spielten und ließen ihr Sirenengeheul von den Jachten im Hafen aufsteigen. Den Ägypter nannten sie ihren «Negerfreund», sie brachten ihm den Charleston bei, hatten einen Dauerkater und brauchten einander mehr denn je. Ihre Musik war auf spektakuläre Weise amerikanisch, und sie verdienten ein Vermögen damit, einfach nur sie selbst zu sein. Erst im darauffolgenden Frühling traf ich die beiden in Paris wieder. Larry sah ehrlich gesagt aus, als hätte er ein Jahr lang in einer Herrentoilette übernachtet. Der schale Zigarettenqualm der Nachtclubs hatte sein Haar einbalsamiert und zu einer befremdlich hohen Tolle verdreht, und er glänzte wie der Zuckerguss auf einem Früchtekuchen. Sie waren jetzt reich und sehr en vogue. Beide wirkten neuerdings ein wenig berechnend, und ich vermisste die alte Unerschrockenheit, von der ihre Musik erfüllt gewesen war, als sie noch nichts zu verlieren hatten. Ich wollte mit ihnen essen gehen, aber sie hatten nie Zeit. Ihr Leben war jetzt ein Reigen mit lasterhaften Grafen, amerikanischen Millionären und desillusionierten Briten – und Jeff. Larry hatte, was Jeff betraf, zu einer seltsamen Haltung gefunden. Er behandelte ihn wie ein Unikat aus dem Raritätenladen, das er von seinem Ersparten gekauft und Lola geschenkt hatte. Jeff hegte Lola gegenüber natürlich keine ernsthaften Absichten, dennoch folgte er ihr überallhin, schnippte mit seinem Siegelring die Asche von ihrer Zigarette und sammelte auf, was sich bei ihren trägen Bewegungen von ihrem Körper löste.

«Wie findest du eigentlich diesen Daugherty?», fragte Larry mich eines Abends in vertraulichem Tonfall, gerade so, als wollte Jeff bei Vereinswahlen kandidieren. «Ach, ich weiß nicht», antwortete ich. Jeff war kein besonders guter Freund von mir, aber ich kannte ihn viel länger als Larry und hatte nicht die Absicht, seine Vergangenheit auszuplaudern. Es hatte eine Zeit gegeben, als Jeff seinen Damenbesuch mit künstlichem Regen vor dem Wohnungsfenster vom Gehen abhielt und nur durch seine Jugend und seinen Charme einer Anzeige wegen Unzucht entging. «Er ist wirklich ein sehr netter Kerl. Früher hat er Revuen geschrieben.»

«Ach, tatsächlich? Waren sie gut?» Larrys Gesicht erschlaffte vor Ungläubigkeit. Er konnte den Gedanken schlecht verwinden, dass auch Jeff Talent besitzen und große musikalische Hoffnungen gehegt haben sollte, Wesenszüge, die doch eigentlich Larry ausmachten.

«Ja, ich glaube schon – für die damalige Zeit waren sie wirklich sehr ungewöhnlich und anspruchsvoll.»

«Warum hat er aufgehört? Weißt du, ich glaube langsam, *Europa* hat einen schlechten Einfluss auf uns. Das Leben hier ist zu einfach. Ich versuche schon seit Längerem, Lola zur Heimreise zu bewegen.» Seine zaghafte Wortwahl und Aussprache verrieten mir, dass ihm die Idee eben erst gekommen war. Vermutlich wollte er Lola von ihrem Pariser Umfeld trennen, und von Jeff. Ich kann es jedoch nicht ertragen, wenn muntere Komödienfiguren in konsternierte Ernsthaftigkeit verfallen, nur um zu beweisen, aus welchem Holz sie in Wahrheit geschnitzt sind, deswegen bezahlte ich meine Rechnung und ging. Ich war ein bisschen stolz darauf, Jeff nicht verraten zu haben; zu oft lasse ich mich zu Lästereien hinreißen. Larry traf ich erst im Juni wieder.

Im Frühsommer drückte der Flieder seine lila Röcke an die Hauswände des Boulevard Saint-Germain, Fernweh lag in der Luft. Während meines Spaziergangs bekam ich Lust, in jede Kutscherkneipe und jeden Fahrertreff einzukehren. Der Morgen war so sanft, es war, als habe man ein kleines Kind an seiner Seite. Ich hatte es nicht weiter geschafft als bis ins «Café des Deux Magots» und genoss den Anblick der Passanten auf dem Gehweg, als Larry mich entdeckte. Ich erinnerte mich an das abrupte Ende unseres letzten Gesprächs und rechnete mit einer eher kühlen Begrüßung, doch er strahlte gegen den hellen Tag an wie ein Leuchtturm, der nach der langen Nacht versehentlich nicht ausgeschaltet worden war. «Wir reisen ab», sagte er triumphierend, als setzten wir unsere Unterhaltung nahtlos fort. «Morgen Mittag stechen wir in See. Lola hat sich mit Händen und Füßen gewehrt, aber dann konnte ich sie davon überzeugen, dass wir, wenn wir uns einen Namen machen und sesshaft werden wollen, nach Hause zurückkehren müssen, solange wir so erfolgreich sind.»

«Das klingt sehr vernünftig», sagte ich zögerlich. Ich war überrascht. Es erschien mir dumm, ausgerechnet jetzt die Zelte abzubrechen; dann wiederum hatte ich sein Motiv natürlich durchschaut. Über Jeff und Lola waren böse Gerüchte in Umlauf. Larry hakte sich bei mir unter, und wir bogen in eine dunkle, braune Seitengasse ein, die wie alle Orte mit Aussicht auf die Seine voller Menschentrauben war. Die schattige Kühle, die mir in die Nase stieg, roch nach schmelzendem Schnee, und der Himmel mit der Sonne darin wölbte sich über die Stadt wie eine dünne Glasglocke. Larry blieb stehen und zündete sich eine Zigarette an. Er wirkte so zufrieden wie ein Pfadfinder, der im Begriff ist, eine gute Tat zu tun. Ich wartete. «Hör mal», sagte er, «würdest du Jeff, falls du ihm begegnen solltest, bitte ausrichten, dass es mir leidtut, an dem Abend neulich so unhöflich gewesen zu sein? Ich fürchte, ich habe mich schrecklich danebenbenommen. Ich war der Meinung, er hätte Lola begrapscht, aber als ich wieder nüchtern war, habe ich natürlich eingesehen, was für ein Unsinn das war. Würdest du ihm das bitte ausrichten? Und ganz liebe Grüße von Lola. Und sag ihm bitte auch, ich werde ihm einen Scheck schicken und die Schulden begleichen, sobald wir in Amerika angekommen sind.» Nach diesen Worten wirkte er erleichtert, als wäre er endlich seine Verpflichtungen los und könnte sich nun mit reinem Gewissen davonmachen. Ich ließ ihn am Ufer stehen, wo der Fluss sich dahinzieht wie das Farbband einer Schreibmaschine, die der Stadt ihr eigenes Alphabet aufdrückt. Ich wünschte ihm viel Glück und *bon voyage*. Wie der Zufall es wollte, sah ich Jeff erst sechs Monate danach wieder.

Eines Sonntagmorgens wachte ich auf, nachdem mir am Samstagabend jegliche Souveränität abhandengekommen war. Ich dachte mir, dass ich meine Selbstachtung am schnellsten wiederfinden würde, wenn ich mich der kühlen Gefasstheit der Statuen im Jardin du Luxembourg aussetzte. Ich tat, was ein Mensch tun kann, um sich äußerlich wiederherzustellen, und verließ die Wohnung, um das Kaminkehrergefühl abzuschütteln. Melodische Taxihupen bliesen den verschlafenen Sonntag in den engen Straßen vor sich her, während meine Sohlen auf dem Gehweg leise den Takt dazu schlugen. Vor dem Museum lief ich Jeff in die Arme, und wir beschlossen spontan, Mittag essen zu gehen. Es ist wohl kein Zufall, dass Menschen mit ähnlichen Lebensgewohnheiten dieselben Orte aufsuchen, wenn sie den Gewohnheiten entfliehen möchten. Wir gingen ins «Foyot's» und verbrachten die nächsten zwei Stunden damit, uns in eine Art Wachkoma zu essen. Die üblichen Themen waren schnell abgegrast, und auf der Suche nach Klatsch fiel mir Larrys Nachricht wieder ein. Jeff lächelte skeptisch, und weil er merkte, dass ich mit dieser einen Eroberung alles andere als einverstanden war, verzettelte er sich in Rechtfertigungen. Sobald er zu weit ausholt, wird Jeff zum Langweiler; er schildert bis ins letzte Detail, wie viel ihn die Telegramme gekostet haben, mit denen er sich aus der Affäre zog, und schafft es gleichzeitig, die entscheidenden Aspekte im Unklaren zu lassen. Doch ich interessierte mich aufrichtig für das junge Paar, von dem ich nun schon länger nichts gehört hatte, und hakte nach. «Lola und Larry», hob er an, «gehören ins Museum, wie frühe Neandertaler. Ich kann einfach nicht verstehen, warum die zwei nicht erwachsen werden wollen. Sie hatte ich richtig ins Herz geschlossen, das weißt du ja, und auch er war irgendwie nett. Als sie Europa verlassen haben, habe ich alle meine alten Freunde angeschrieben, die früher, als ich noch keine Erfahrung mit Fehlschlägen hatte, meine Flops auf die Bühne brachten. Ich habe wirklich alles versucht, um ihnen in New York einen anständigen Job zu vermitteln. Kennst du das ‹Les Arcades›? Tja, es geht dort überaus vornehm zu, die Leute sitzen so stumm da, als würde man ihnen eine Pistole an den Kopf halten. Sie freuen sich auch noch darüber, für den Champagner zehn Dollar mehr bezahlen zu müssen als andere Leute in vergleichbaren Etablissements. Die beiden sollten dort singen und sich verrucht geben. Eine Weile hat es wunderbar funktioniert. Ich meine, sie haben die üblichen Erwartungen erfüllt, man nannte ihre Auftritte ‹mitreißend›, ‹atemlos›, ‹mörderisch› und so weiter, die Leute sind scharenweise dort eingefallen, um sich bloß nicht auf die Suche nach neuen Adjektiven machen zu müssen. Alles lief wie geschmiert, bis meine Exfrau dort aufgetaucht ist, oder bis sie hingeschleppt wurde, ich bin mir nicht sicher. Weißt du, Mabel spielt die viktorianische Jungfer, aber wahrscheinlich ist sie erst zufrieden, wenn sie mit allen Männern in Amerika geschlafen hat. Sie hat sich also dem hübschen Larry an den Hals geworfen, was, wie ich hörte, ein böses Ende nahm. Sie besuchte den Club täglich, stets in Begleitung des werten Lord Aschenbecher von der Gosse oder des honorigen Sir Schluckspecht, die sie dann gnädigerweise Lola überließ. Abend für Abend saßen sie zu viert beisammen, ertränkten ihre Zigarettenkippen in Highballgläsern und zankten sich fröhlich. Mabel ist eine glamouröse Person, und irgendwann hatte sie herausgefunden, wie sie Larry an seiner Achillesferse treffen konnte: mit dem britischen Adelsregister. Wie dem auch sei, Lola wurde zur Furie, als sie glaubte, Larry zu verlieren. Weil die Stimmung bald so abgestanden war wie alter Senf, wandte das Publikum sich gelangweilt ab und blieb dann ganz weg. Im Ernst, es war nicht zu übersehen, dass die vier sich am liebsten die Köpfe eingeschlagen hätten, und kein vernünftiger Mensch gibt hundert Dollar aus, nur um zwei lächerliche Gestalten bemitleiden zu können. Sie wurden gefeuert. Aber von irgendetwas muss der Mensch ja leben, und seit dem Krieg sind Brot und Whiskey noch teurer geworden. Lola hat sich einen Broadway-Anwalt genommen, einen richtigen Bluthund, und die Scheidung eingereicht. Wahrscheinlich wird der Spaß Larry einige Hunderttausend Dollar kosten. Mabel besitzt neben ihrem Unterhalt keinen Cent, sein Herzenswunsch wird ihn also teuer zu stehen kommen. Ich kann es mir natürlich nicht leisten, dass die Schlammschlacht über die Presse ausgetragen wird. Ehrlich, dieser Tage frage ich mich jeden Morgen, ob mir die Frühstücksbrötchen zusammen mit einer Ladung Dynamit serviert werden. Wahrscheinlich ist es die gerechte Strafe dafür, dass ich mich mit diesen zwei Verrückten eingelassen habe.»

Jeff ist ein freundlicher Mensch, auch wenn er seine Lebensweisheiten aus dem Scheckbuch bezieht. Ich muss zugeben, ich habe ihn um den Gleichmut beneidet, mit dem er die Lektion aufnahm. Er setzte sich seelenruhig ins nächste Taxi und fuhr davon, und ich stand in der fahlen Sonne und wurde mir der Zerbrechlichkeit menschlicher Verbindungen schmerzlich bewusst. Ich fragte mich, wie es den jungen Leuten wohl erging. Sie hatten einen kostbaren Schatz besessen, von dem die meisten Menschen nur träumen können: grenzenloses Vertrauen ins Leben und ineinander. Sie hatten sich einfach darauf verlassen können, dass sie sogar aus alten Schnürsenkeln gemeinsam einen wunderschönen Krawattenknoten binden würden. Was wollte Lola? Der Preis für ihr gebrochenes Herz erschien mir ein wenig zu hoch – hunderttausend Dollar, hatte

Jeff gesagt, dabei war ich eigentlich immer noch der Überzeugung, dass sie sich aus Geld nichts machte. Und doch hatte damals schon eine gewisse Rücksichtslosigkeit Kerben in die blaue Oberfläche ihrer Augen geschlagen, eine angeborene Rachsucht, so unsichtbar und gefährlich wie spitze Felsen unterhalb der Wasseroberfläche. Larry war ein netter Kerl. Ob er auf Mabels Avancen nur eingegangen war, um es Lola heimzuzahlen? Das Ganze bedrückte mich sehr. Ich wehrte mich gegen die Vorstellung, dass dort, wo früher etwas so angenehm Klares und Frisches wie ein Herbstmorgen gewesen war, nur noch Leere herrschen sollte. Die beiden wiederzutreffen würde einer Rückkehr an den Ort der Kindheit gleichkommen, wo man feststellen muss, dass das eigene Geburtshaus nicht mehr steht. Ich versuchte, das Paar zu vergessen, wie ich eine irrige Annahme ad acta legen würde, sobald sie sich als falsch herausstellte.

Drei Wochen später griff ich zur Zeitung. Die furchtbare Tragödie sprang mich von der Titelseite an. Die Presse berichtete nur darüber, weil die Jacht Mabel gehört hatte. Sie waren in einen Orkan geraten, Mabel und Larry und das ganze importierte Aristokratenpack, und die See hatte sich auf sie gestürzt wie Möwen auf den Abfall, der hinter einem Kreuzfahrtschiff im Wasser treibt. Es war entsetzlich. Einmal hat mir ein Junge, der fast ertrunken wäre, erzählt, wie sich die Vögel auf seinem Kopf niedergelassen und nach seinen Augen gepickt hatten. Der Sturm, der die Jacht zum Kentern gebracht hatte, war angeblich der stärkste seit vierzig Jahren gewesen, und ich wünschte mir, dass es schnell gegangen war und sie sich nicht lange hatten quälen müssen. Larrys Leichnam wurde nie gefunden, auch die anderen blieben verschollen. Nur Lola überlebte. Wochenlang lag sie im Krankenhaus. Als es ihr besser ging, schrieb sie mir einen schwülstigen Brief. «Kannst du mir ein wenig Geld schicken? Ich glaube, ich werde bald wieder arbeiten können, im Frühling feiert eine neue Revue Premiere, aber du weißt ja, dass ich nie etwas beiseitelegen konnte, und irgendwie muss ich schließlich über die Runden kommen. Du warst immer so nett zu uns. Seit ich Larry nicht mehr habe, sind alle unsere Freunde wie vom Erdboden verschluckt. Ich könnte Jeff fragen, aber manchmal denke ich, wenn wir ihm nicht begegnet wären, wäre das Ganze nie passiert. Er und seine Frau waren wirklich zwei Verrückte. Und was wollten wir bloß auf dieser Jacht? Als wir Mabel noch nicht kannten, hat es uns völlig ausgereicht, daheim zu streiten und uns wieder zu vertragen.»

Lola und Larry! Nein, sie haben nie etwas beiseitegelegt. Ja, ich habe ihr das Geld geschickt, und ich schätze, dass sie sich für die nächsten fünf Jahre keine Sorgen machen muss. Mindestens so lange wird sie noch hübsch genug sein. Das Leben braucht gute dreißig Jahre, das Aussehen einer Frau zu ruinieren und den Zauber bröckeln zu lassen, den sie sich beim Umherschweifen in dieser zauberhaften Welt angeeignet hat. Die armen Kinder! Neulich, ich war auf der Suche nach meinem Schrankkofferschlüssel, fiel mir ihre Pariser Adresse in die Hände, zusammen mit alten Postkarten, einem zerrissenen Fünfzigfrancschein und einem ungültigen Reisepass. Ich kann mich noch an den Abend erinnern, als Larry mir den Zettel zusteckte. Ich hatte versprochen, ihnen Notenblätter aus der Heimat zu schicken – Lieder von Liebe, Erfolg und Schönheit.

ANDERE NAMEN FÜR ROSEN

I

Diese Geschichte spielt vor langer Zeit, noch vor der Rache Gottes und dem Japanischen Krieg, und sie handelt davon, dass – und wie – die Menschen sich amüsierten. Damals hatten sich offenbar alle traditionellen Unterhaltungsformen überlebt, und in den frühen Zwanzigerjahren konnten die althergebrachten Rituale die geistigen Bedürfnisse der nachfolgenden Generation nicht mehr befriedigen; die Leute kamen geradezu um vor Langeweile. Nach dem Krieg mussten alle wunderbar sein, wunderbar vorzugsweise darin, die Überspanntheit tragischer Gestalten, wie sie seinerzeit sehr in Mode waren, zu tolerieren. Die Segnungen des Wohlstands gaben der Welt ein vages Glücksversprechen, Autos schwärmten in die Dämmerung aus und verloren sich in den überteuerten Vergnügungen jenseits der Queensboro Bridge. «Woolworth» richtete eine eigene Abteilung für Silberlöffel ein, und bei «Schling's» wurden über Nacht die Lilien vergoldet. Die Leute hatten da bereits so lange auf das Erwartete gewartet, dass jedes Vorhaben von Anfang an den Stempel des Scheiterns trug. Selbst das verworrene Tagesgeschehen empfanden die meisten Menschen als beispiellos bedrohlich.

Glühende Sonnenuntergänge hüllten die New Yorker Seitengassen in einen schrägen Glanz, und das blendend weiße Morgengrauen raffte die nächtlichen Verstrickungen immer wieder aufs Neue hinweg. So manche arme Seele kam mit dem allgemeinen Streben nach Großartigkeit nicht zurecht und suchte Zuflucht im Alkohol; so ließ es sich viel geselliger grübeln. Andere reisten ziellos durch Europa. Irgendwann erreichte das Gefühl auch die Jones', und sie beschlossen, die Stadt zu verlassen. Es muss jedoch einen Auslöser gegeben haben, denn weder ihre gesellschaftliche Stellung noch ihre privaten Vorlieben ließen Fedora und Jayce viel Spielraum für Sorgen.

Mit seiner Unfreiheit, wenn man es so nennen darf, war er recht zufrieden. Niemand hatte je behauptet, er habe sich verkauft, auch wenn er auf dem freien Markt möglicherweise einen hohen Preis erzielt hätte: Seine markanten Züge, sein professionell gepflegtes Lächeln, seine strahlende Gesundheit und seine wohldosierte Arroganz galten in den großen Metropolen als echte Rarität. Ihr Geld hörte er höchstens klimpern, wenn er die Schubladen eines von ihrer Familie geerbten Möbelstücks aufzog. Auf Außenstehende wirkte seine Gattin raffiniert gebieterisch, leidenschaftlich dankbar und unnahbar aufgeschlossen, und sie interessierte sich kein bisschen dafür, welches Automodell in diesem Jahr das Erscheinungsbild der Champs-Élysées prägen würde. Hinzu kam: Sie war immer noch eine schöne Frau. Obwohl ihre eleganten Accessoires niemals aufdringlich schienen, erkannte man auf den ersten Blick, dass sie regelmäßig zum Friseur und zur Massage ging; ihre Frische war eben nicht mehr so spontan. Da war ein Hauch von aufwendiger Geheimniskrämerei, der aber vielleicht umso gewinnender wirkte.

In gegenseitigem Einvernehmen erklärten sie New York für passé.

«Ich kann das einfach nicht mehr …» Und das aus seinem Mund, während er vor den Damastvorhängen ihrer Mutter saß! Er beschämte die Porträts ihrer Vorfahren, er beschämte den Rubens und das Porzellan aus Sèvres, und Gott weiß, wie die signierten Exemplare der vielen Memoiren sich fühlten.

«… aber Mutter meint es doch nur gut!»

«Eigentlich ist sie der Meinung, ihr Leben könnte noch viel schöner sein.» Jayce erhob sich und suchte nach einem Strohhalm, an den er sich klammern könnte, aber da war nichts, deswegen griff er zu einer List: «Es ist ja nicht so, als hielte deine Familie sich für etwas Besseres. Aber was immer ich auch tue, es hat keinen Einfluss auf die Börse oder auf unsere Sitzplätze in der Kirche, deswegen nimmt kaum jemand meine Bemühungen wahr.»

«Bestimmt sind sie stolz auf dich», meinte Fedora rücksichtsvoll.

«Meine Meinung ist ihnen egal, außer ich sage etwas über den vorzüglichen Braten.»

Weil Jayce spürte, dass ihm die Argumente ausgingen, wagte er die Flucht nach vorn: «Sie sind wie eine verdammte Herde ausgestopfter Esel!», rief er triumphierend.

In Fedora steckte genug Familiensinn, um diese letzte Bemerkung unmöglich zu finden – wieder einmal würde sie schlichten und seine unberechenbaren Launen bändigen müssen. Er führte sich nicht so schlimm auf wie ein Drogensüchtiger, aber seine Fehltritte waren mehr als unhöflich. «Mein Lieber ...»

Jayce jammerte drauflos. «Ach Liebste», rief er, «glaub ja nicht, ich hätte unsere kleinen Gemeinsamkeiten vergessen: die daheim verbrachten Sonntage, du in der Badewanne, unsere Duette ... alles!»

Fedora lächelte nachsichtig.

«Früher ist deine Mutter dahingeschmolzen, wenn du gesungen hast», fuhr Jayce wehmütig fort. «Warum schmilzt sie nicht mehr?», setzte er nach, und sein Gesicht hellte sich auf. «Warum schmilzt sie nicht einfach jetzt?», fragte er. «Das wäre doch eine gute Idee.»

Nichts ertrug Fedora weniger als unausgesprochene Spannungen.

An einem schwarzseidenen Sonntag konnte sie das Problem nicht länger ignorieren. «Mutter», sagte sie, «du solltest wirklich versuchen, besser mit Jayce auszukommen. Manchmal ist er tief gekränkt.»

«Liebes» – Mrs. Highgate hätte niemals unwirsch reagiert, das wäre viel zu verbindlich gewesen –, «was du da sagst, grenzt an Verleumdung. Du solltest wohl besser einmal mit dem Pfarrer sprechen.»

«Weißt du», fuhr Fedora ungerührt fort, «er ist nicht bloß ein Anhängsel, er wird mehr Verantwortung übernehmen müssen, wenn ...» Und weil ihr kein genauer Zeitpunkt einfallen wollte, entschied sie sich für eine sehr theoretische Lösung: «Wenn unser Familienanwalt stirbt.»

«Er ist ja so charmant», murmelte Mrs. Highgate. «Äußerst charmant. Ich liebe es, euch hierzuhaben – es ist ja so beruhigend, wenn man einander nicht aus dem Weg gehen kann.» Mrs. Highgate schien sich selbst hypnotisieren zu wollen. «Den allerbesten Ehemann haben wir», sagte sie zu sich selbst. «Ja, wenn wir Jayce nicht hätten, wäre das Durcheinander nur halb so groß.»

«Hör auf zu reden wie ein Kleinkind.»

Mrs. Highgate dachte laut nach. «Das Problem ist, dass du deinen Mann nicht ausreichend forderst, Fedora. Eines Tages wirst du einsehen, dass du deinen Willen viel leichter durchsetzen kannst, wenn du um seinen recht viel Aufhebens machst. Ich für meinen Teil bewundere ihn sehr, daher habe ich das Recht, mich herauszuhalten.»

Und schließlich, als Jayce seine Stellung im Familienunternehmen kündigte und sich fortan weigerte, im Rolls mitzufahren, wählten sie ein Ziel aus dem Atlas aus und stachen in See. Weil sie ein Umfeld brauchten, in dem Jayce die verdiente Anerkennung und Inspiration finden konnte und das sie beide davor bewahrte, zu sterben oder besiegt zu werden oder wie immer man es nennen wollte, flohen sie nach Südfrankreich.

In der Gegend um Hyères ist die provenzalische Küste mit Zeit übersät und von Erinnerungen zerklüftet. Die Samenkapseln des Mohns zerplatzen in hochsommerlicher Ekstase auf den Feldern, von den uralten Pinien tropft das Harz, und das Getreide bestäubt die langen Straßen, die im Duft des Geißblatts ohnmächtig daliegen, mit Erinnerung. Nach einer Weile steigt der

Weg steil an, wagt sich gefährlich weit über das Meer und die Leere hinaus und wird scheinbar nur noch von bunt verputzten Häuschen am Boden gehalten, die unter einem unendlichen blauen Himmel wie zufällig verteilt in der sonnengewärmten Luft herumstehen. Der Landstrich ist menschenleer und jungfräulich, hier treffen Wetterfronten aufeinander. Erst wenn man die rosa Küste von Golfe-Juan erreicht hat, hält die Welt sich wieder an die Landkarte. Gebräunte Menschen baden im guten Leben, und der Strand summt leise von ewigen Abenddämmerungen und fruchtlosen Mittagsstunden. Das Wetter ist wie gemacht dafür, den Ehrgeiz all jener zu ersticken, die immer schon der Meinung waren, im Leben käme es vor allem auf das effiziente Sterben an. Ein kosmisches Vorhaben kommt erneut zu Atem: guter Wein, gute Laune und das geduldige Verplempern der Tage. Juan-les-Pins und Antibes steigen vom Himmel herab, verordnen den Badegästen Spaß und Schönheit auf Rezept und ersparen es dem Verstand, sich beim Ausdenken einer weiteren *raison d'être* zu verschleißen. Von St. Raphaël bis Nizza lassen Leute aus aller Herren Länder in der farbenfrohen Unbeflecktheit dieses aufgeräumten Paradieses die Seele baumeln.

Nette, christliche Leute.

Niemand konnte sagen, wie der Garten zu seiner Gestalt gekommen war. Es gab Olivenbäume, deren Wurzeln bis nach Palästina reichten, Farnkraut von Paul Rousseau und Pfade, die unter Pinien und Eukalyptus aufeinanderstießen. Die Jones' hatten eine gesegnete Welt vorgefunden und waren gut aussehende, gesunde, solvente Menschen. Bei der besseren einheimischen Gesellschaft bedankten sie sich wortreich für die freundliche Aufnahme.

«Ist es nicht wunderbar, dass jemand diesen Garten angelegt hat?»

«Ist es nicht herrlich, so privilegiert zu sein?»

«Ich bin ja dankbar, dass Jayce im Geografieunterricht so viel über Frankreich gelernt hat ...»

«... und von Freunden im College.»

Sie waren sich einig, dass ihr Scharfsinn und ihre künstlerischen Ambitionen in der Tat eine große Bereicherung für ihr Leben waren, sie schätzten sich glücklich und verneigten sich voreinander, und auch Harvard und Yale waren sie sehr dankbar. Auf die Idee, Gott zu danken, kam niemand.

Da steht eine hübsche Villa hinter der Kurve. In ihren verglasten Räumen sitzen der Himmel und der Duft der Pinien gefangen, seit ihr letzter Balkon fertiggestellt wurde. Sie erhebt sich hoch über das Kiesplateau, scheint sich unwillkürlich über ihre Grundmauern hinaus auszudehnen und wirft das Licht der späten Nachmittagssonne auf die Gartenpfade zurück. Es handelt sich um einen jener Gärten, in denen Wörter wie «Stelldichein» und «Abendständchen» überdauern, seit sie im Rest der Welt aus der Mode gekommen sind. Hier leben die Jones'. Ihre Namen sind unübersehbar in Gold auf eine azurblaue Plakette gepinselt, dort, wo die Treppe sich von der höher gelegenen Straße in die erste abenteuerliche Umarmung des Gartens stürzt: «Jayce Jones, Fedora Jones», so ungekünstelt, als stünde es in ihrer Muttersprache da.

Sie brauchten nicht lange, um sich heimisch zu fühlen: Bestellungen wurden aufgegeben und die Einfuhr von Seide und Lesestoff aus Amerika und englischem Whisky veranlasst. Innerhalb kürzester Zeit hatte Fedora den Hausangestellten New Yorker Methoden und dem Diener eine angemessene britische Manieriertheit eingeimpft. Jayce hatte plötzlich etwas mehr Zeit, sich durchzusetzen, und jede Menge Zeit, seinen Stellenwert zu erhöhen – an dem sich, anders als insgeheim von ihm erhofft, wenig geändert hatte.

Weiter abwärts erstreckte sich unter dem undurchsichtigen, vielversprechenden Himmel ein langer Strand, der sich am hinteren Ende verliebt in ein Pinienwäldchen stürzte. Seine Abgeschiedenheit, in der nach zögerlicher Ekstase ein neuer Morgen graute, hallte wie ein glückliches Echo durch die geschützte Bucht. Die Jones' gingen jeden Mittag hinunter, streunten im Sonnenlicht herum und suchten alles Mögliche: leuchtend bunte Erinnerungsstücke, Seeungeheuer, Katastrophenmeldungen aus der Tageszeitung. Sie begegneten auch anderen Menschen; Fedora und Jayce lebten in der Annahme, sie früher oder später kennenzulernen, den umständlich wirkenden, sonnengebräunten Mann zum Beispiel, der seinen zwei Begleitern ständig irgendwelche Ideen ein- und auszureden schien.

Diesen Menschen mit den braunen Beinen konnten sie schon auf den ersten Blick nicht leiden, und seine verschlagene Vertraulichkeit schien noch verstärkt durch seine Bekannten: eine Ballerina mit porzellanweißer Haut, die vermutlich sehr gelenkig war und so flehentlich dreinschaute wie ein Faun, und ein Mann. Nach einer Weile fiel der Mann Fedora durchaus auf. Er entsprach dem Schönheitsideal einer vergangenen Zeit, und schon bald fragte sie sich bei jeder Begegnung, ob ihr Badeanzug aussagekräftig genug wäre. Sein Haar war von einem hellen Goldblond, sein Gesicht ließ eine große Vielseitigkeit des Ausdrucks erahnen, und seine Bewegungen waren ein Gedicht.

Mr. Braunbein stellte die Paare spontan, aber mit Nachdruck einander vor, und Tillyium entpuppte sich tatsächlich als Dichter; Mr. Braunbein bekam ausschließlich Besuch von bedeutenden Menschen. «Und ich wünsche mir, dass Sie einander kennenlernen», sagte der Impresario salbungsvoll. Warum er sich das wünschte, sagte er nicht.

Fedora merkte bald, dass der Hang des Dichters zum Dramatischen nicht auf das Theater beschränkt war; aber noch ehe sie Gelegenheit fand, ihren Anforderungskatalog an die männliche Attraktivität zu konsultieren, hatte sie all ihre Kriterien vergessen.

Jayce lieferte sich voller Hingabe dem möglichen Abenteuer aus und wandte sich leidenschaftlich an Mademoiselle.

«Sie sind also Belanova. Wie oft bin ich, wenn ich Sie in einer Aufführung gesehen habe, auf Zehenspitzen nach Hause getanzt!» Sein Lachen kam einer Einladung gleich. Die fremde Sprache beherrschte sie nicht fließend, und ihr zu folgen war mühsam, aber so gut hatte Jayce sich seit Jahren nicht amüsiert; anscheinend hatte er sein Leben lang auf eine so anregende Situation gewartet, und nun erging er sich, wie man es im Nachhinein nennen könnte, in diskreten, aber eindeutigen Suggestionen.

«Hör mal», sagte er aufgeregt, als sie wieder zu Hause waren, «ich würde diese Leute gern wiedertreffen, sie könnten mir behilflich sein.»

Fedora überlegte. Es war ihr einerlei, vermutlich brauchte Jayce wirklich Hilfe, was in Fedoras Vorstellung auf alle Männer zutraf. Vielleicht könnten Braunbein und sein jüngerer Begleiter ebenfalls ein wenig Unterstützung gebrauchen? Fedora fiel ein, wie oft sie schon daran gedacht hatte, selbst Gedichte zu schreiben, besonders nach Abenden, an denen Jayce wieder einmal besonders garstig zu ihr gewesen war. Die Bekanntschaft entwickelte sich in eine fragwürdige Richtung.

Jedenfalls ließ Mr. Braunbein sich immer öfter von den Jones' mitnehmen, um sich voller Besitzerstolz auf der Rückbank zu aalen. Er schien sich außerordentlich über etwas zu freuen, die süße Luft und die eigene Ehrerbietigkeit vielleicht, während das Auto über die Straße fegte wie ein starker Fallwind. Die Fahrten waren ganz nach Braunbeins Geschmack und überaus bequem für ihn – wie fast alles, was er seiner Aufmerksamkeit überhaupt für wert befand. «Wenn Monsieur Jones ohnehin nach Nizza fährt, würde Mr. Braunbein gern mitkommen», oder «Wenn es Madame Jones *wirklich* nicht zu viele Umstände macht ... wenn sie ohnehin am Château zu tun hat ... wäre sie vielleicht so freundlich ...»

Fedora hatte nie verstehen können, warum Menschen, denen es an nichts fehlt, eine so große Unruhe verspüren können. Ihr eigenes Glück bestand in einem stattlichen Vermögen, das sie mit einer leicht defensiven Haltung genoss, als wären die weniger großen Vermögen der anderen eine ständige moralische Herausforderung. Und doch häuften sich im Laufe der Wochen die Zwänge, und ihre Unzufriedenheit wuchs mit jedem schönen Abend.

«Eine wunderbare Party», versicherten sie einander und implizierten dabei, dass der gelungene Abend allein ihnen selbst zu verdanken und es gewissermaßen schade war, andere einladen zu müssen. Die Nachtigallen verzauberten den Garten, und über der stillen Ebbe schwebten gespenstische Schemen; die besten Nächte ließen sich dem ersten Hauch der Morgendämmerung entwinden. Alles lief so glatt, wie man es erwarten konnte. Das Leben kannte sein Geschäft und erfüllte seine Pflichten – solange man ihm die Gelegenheit dazu ließ.

Eine so gute Party hatten sie seit Jahren nicht gegeben. Belanova glühte geisterhaft im Halbdunkel, und Jayce, der gemerkt hatte, wie leicht einem auf Französisch die Komplimente über die Lippen kommen, war geradezu hinterlistig aufmerksam. Tillyium sagte: «Meine Lieben, lasst mich etwas über den Abend erzählen.»

«Wir haben keine Teeblätter mehr», rief Fedora hastig und fragte sich, auf welchen Abend er anspielte.

«Über einen ganz besonderen Abend», fuhr er fort. Seine Stimme klang so anzüglich, als wollte er eine persönliche Erfahrung teilen, die jedoch für sie alle von Interesse wäre; als wollte er die Liebe als die schönste und aufregendste von allen Glückseligkeiten preisen.

Seit Wochen war Fedora nun nervös; möglicherweise würde Tillyium Jayce irgendwann verraten, dass er sie an jenem Tag in Nizza geküsst hatte. Tillyium, erinnerte sie sich bange, war ein Dichter und als solcher wohl mehr an einer Szene interessiert als an ihrem Wohlergehen. «Können Sie uns das nicht morgen erzählen?»

«Nein.» Gedankenverloren ließ er seinen Blick über die Oleanderbüsche schweifen, was Fedora noch nervöser machte.

Über der dritten Flasche Champagner braute sich der Streit zusammen; beziehungsweise war es kein Streit, sondern die erbitterte Zügelung eines Streits. Beide wollten in Erfahrung bringen, ob der jeweils andere versuchte, ihm Vorschriften zu machen.

«Lass ihn ausreden», sagte Jayce.

«Nein», sagte Fedora. «Jetzt ist nicht der geeignete Zeitpunkt, über irgendwelche Abende zu sprechen.»

«Da haben wir's, du bist so streitlustig wie immer!»

«… das macht nichts, sagte man mir, vermutlich irgendetwas mit der Leber …»

«Lasst uns verbittert sein», hauchte Fedora wehmütig.

«Nun», sagte Jayce entschieden, «das kannst du dir für später aufheben. Tu einfach so», fuhr er fort, «als wäre alles perfekt, wo doch jeder Esel sieht, wie bestürzt wir alle sind. Ich persönlich glaube ja, dass der Garten verwunschen ist.»

Fedora wollte protestieren, doch sie hielt sich im Zaum.

«Du solltest zur Beichte gehen», sagte sie vorsichtig.

«Hör mich an, Jayce – du kaufst Sachen, um sie zu verschenken, und neuerdings hast du ständig dieses oder jenes zu tun – warum ist nichts mehr in Ordnung?»

Jayce schnappte nach Luft. «Wahrlich unverzeihlich», murmelte er.

«Jayce war immer schon der Meinung, die Welt sollte mit der Dämmerung enden», sagte Fedora zu sich selbst.

«Ich habe mich oft gefragt, warum sie so lange durchgehalten hat», erwiderte Tillyium geheimnisvoll.

«Gin», sagte sie verbittert, «Gin und Champagner.» Der Sommer war kein geschlossenes System aus gedämpften Echos, traurigem Vogelgesang und unergründlichen häuslichen Vorgängen mehr. Die Jones' waren ja so tugendhaft; Mademoiselle Belanova lächelte Tillyium durch die laue Nacht vielsagend zu. Fedora beschloss endgültig, Belanova nicht zu mögen; was immer das Mädchen auch tat, schien allein seinem eigenen Vergnügen zu dienen.

«Zu schade auch …»

«… die natürliche Auflösung», tönte Jayce verzückt.

Fedora wandte sich an die Ballerina. «Tänzerinnen», sagte sie in untadeliger, gefasster Oberflächlichkeit, «trinken niemals Alkohol, oder? Deswegen haben sie wohl nie Gewissensbisse und fürchten auch keine bösen Geister.»

Belanova schob die ganze Szene auf eine kulturelle Eigenart und nickte eifrig. «Nur ganz wenig, manchmal», sagte sie lächelnd und hob das Glas, «wenn sie traurig sind oder verliebt?»

Jayce stand unvermittelt auf und bestellte Fedora ins Haus.

Tillyium hörte, wie ihre Stimmen sich an den Kakteen und Palmen scheuerten. «Aber die Party ist doch sehr nett», weinte Fedora, «alles ist so nett, wie es sein sollte, wenn man berücksichtigt, wo wir hier sind.»

«Tja, vermutlich in der Hölle», sagte Jayce wütend, «und ich weiß besser als du, wie solche Partys zu verlaufen haben. So jedenfalls nicht! Um nur ein Beispiel zu nennen.»

Sie kehrten erst eine halbe Stunde später zurück, und dann tigerte Jayce ruhelos herum, im übertragenen Sinn; er kümmerte sich fürsorglich um Belanova und hielt Fedora davon ab, weiterhin … weiterhin … er wusste nicht genau, was er ihr eigentlich vorwarf, aber nun war es endlich an der Zeit, «NEIN» zu sagen. Die Stunde war fortgeschritten, Wein wurde verschüttet, und das verschattete Blattwerk erschlaffte am Rand einer Runde, die sich in Missverständnissen verheddert hatte.

Belanova sagte, sie müsse gehen. «Sind Sie morgen auch da?», lockte sie Jayce; offenbar hatte sie mittlerweile ein Recht darauf, ihn zu erwarten …

Er würde da sein, mehr noch, er würde sie persönlich nach Hause fahren.

Fedora stieß ein billiges Lachen aus, blechern wie der letzte Ton eines schäbigen Aufziehspielzeugs.

«Ich sorge dafür, dass er es nicht vergisst», bot sie sich an. «Er war gestern da, nicht wahr, und Dienstag; und auch morgen wird wahrscheinlich wieder ein strahlend schöner Tag …»

Jayce' Höflichkeit war geradezu unheimlich. «Wie aufmerksam von dir», sagte er drohend. «Wenn meine

182

Frau nicht wäre», wandte er sich freundlich an Belanova, «würde ich meine Radiergummis vergessen.»

«Den Eindruck habe ich auch», murmelte Belanova nickend. «Wissen Sie», sagte sie, als sie zum Auto hinaufgingen, «ich habe schon *oft* gehört, was für ein wunderbarer Mensch Madame Jones ist ...» Und respektvoll erbat sie seine Erlaubnis, offen ihre Meinung sagen zu dürfen, ihre Stimme ließ sie dabei absichtlich anschwellen; sie und Jayce erreichten die Straße und ... fuhren davon ... wie Fedora kühl konstatierte ... einfach davon.

In der gespenstischen Finsternis vor dem Morgengrauen beschlich sie der Eindruck, dass Belanova Jayce jetzt schon besser kannte als Jayce seine eigene Frau; nun, Tänzerinnen wurde nachgesagt, überaus intuitive Menschen zu sein. Sie bekam Angst.

«Tja», sagte Tillyium, «dies ist nicht der richtige Zeitpunkt, etwas Neues anzufangen; anstatt das Kontinuum zu stören, sollten wir ...»

«Oh», protestierte Fedora, «aber Sie werden doch jetzt nicht bleiben und Konversation machen? Die Party ist jedenfalls vorbei ...»

«Seien Sie nicht so amerikanisch», redete Tillyium ihr zu. «Wir fahren jetzt nämlich nach Nizza ... der Morgendämmerung entgegen ... wir werden zuschauen, wie die Morgendämmerung am Himmel gerinnt ...» Einladend spannte er die Schultern. «Gerinnt», wiederholte er vornehm, «zur Frühstücksstunde am Himmel über Nizza.»

Wahrscheinlich sahen sie weniger reich aus, als sie waren; die Kellner wirkten nicht sonderlich begeistert.

«Es ist noch zu früh», protestierte ein *garçon*. Er bat sie, doch vernünftig zu sein.

«Der Kalender», sagte Tillyium und zwängte sich an ihm vorbei, «ist nicht verlässlich genug, um Einfluss auf das Schicksal zu nehmen. In New York sind sie fünf Stunden zurück, in Berlin wird gefrühstückt, in China ist gerade eine vollkommen andere Tageszeit. Seien *Sie* vernünftig, mein lieber Freund.»

Und so teilte die Geschäftsleitung ihnen einen Tisch in der Ecke zu, nur für den Fall, dass sie doch wichtiger waren, als es den Anschein hatte. Und für den Fall, dass sie es nicht waren, fuhren die Hilfskräfte damit fort, den Boden zu fegen.

«Ich liebe Sie», sagte Tillyium ganz offiziell zu Fedora.

«Das dürfen Sie mir nicht sagen», erwiderte Fedora zaghaft.

«Wissen Sie überhaupt, was diese Worte aus dem Mund eines Schriftstellers bedeuten?»

«Ein neues Sonett vielleicht?» Sie tat so, als wäre sie mit den Gedanken ganz woanders.

«Eine Saga», sagte Tillyium nickend, «von bedrohlichen, epischen Ausmaßen. Sie beginnt heute – sobald diese Leute mit dem Fegen fertig sind.»

«Ich möchte keine Saga», entgegnete Fedora düster, «das würde mein Mann nicht erlauben.»

«Wie ich schon sagte», redete Tillyium weiter, «spielt die Eröffnungsszene in einem Café in Nizza. In einem ganz besonderen Café. Hören Sie mir gefälligst zu», sagte er streng, «ich flirte mit Ihnen.»

«Das sollten Sie nicht tun.»

«Ich muss; für die Saga ist das unverzichtbar.»

Auf der Rückfahrt schimmerte die Straße in einem kühlen Schwall aus Morgenlicht; die Nacht war so vorüber wie das Leben eines Mannes, auf den die Totengräber hinunterblicken.

«Sie dürfen nicht hereinkommen», flehte Fedora. «Sicher hätte Jayce etwas dagegen.» Was sie da sagte, gefiel ihr gar nicht; es implizierte, dass sie Tillyium näher stand als ihrem Mann. So etwas kam nicht infrage.

«Das kann ich mir auf keinen Fall entgehen lassen», sagte Tillyium. «Mehr noch, ich werde bis nach dem Mittagessen auf mein Recht auf jambische Fünfheber bestehen.»

Obwohl die Frühstückszeit vorbei war und das Dienstmädchen in seinem Küchenversteck lauerte, war es still im Haus. Fedora fühlte sich betrogen. Wo war Jayce, ihr eine Szene zu machen? Sie bekam Panik; in Situationen wie diesen war sie immer auf Jayce angewiesen. Vielleicht hätten sie den Hintereingang nehmen sollen.

«Sie müssen jetzt gehen», sagte sie. «Hier ist niemand.»

Etwa drei Wochen später betrat Tillyium das Haus unangemeldet. Der Nachmittag hatte sich in die Ecken des verglasten Wohnzimmers verkrochen und taumelte zwischen dem Kamin und dem Spiegelbild der Pinien in den Fensterscheiben hin und her.

«Hat Jayce geschrieben?», fragte er.

Fedora rang um die passenden Worte. «Ich habe eine Nachricht aus Paris erhalten …»

«Ich meine», sagte Tillyium, «wie sehen seine Pläne aus?»

Das wusste Fedora nicht, aber weil sie nicht streiten wollte, machte sie einen Vorschlag: «Wir sollten Tee trinken.»

«Ja», stellte der Dichter verbittert fest, «zu dieser Uhrzeit hat Jayce immer Tee getrunken, nicht wahr?»

Es musste einen Weg geben, die Situation zu entspannen. «Singst du?», fragte sie, und Tillyium dachte bei sich, wie schonungslos salonfähig sie doch war.

«Das Ergebnis ist nie wie erhofft», sagte er abwehrend.

«Du solltest es mal mit Teebeuteln probieren …»

«Ich spreche von meinen Gesangskünsten; sie schwanken.»

«Ich dachte, wir könnten uns an einem dieser Duette versuchen …» Sie lächelte gezwungen. «Jayce und ich hatten uns vorgenommen, die Duette zu singen, falls sich je die Gelegenheit ergeben würde …»

Tillyium lachte operettenhaft und folgte ihr ans Klavier. «Unbedingt», stimmte er zu. «Die Duette!»

Die Musik rieselte nicht wie gewünscht, die Töne weigerten sich, mit der vibrierenden Stille des Gartens zu verschmelzen, und kein Geräusch dämpfte ihren schrillen Klang.

«Wie dem auch sei», tröstete Fedora sich, «es sind dieselben Noten. Jayce würde es passend finden, dass Tillyium sich in mich verliebt hat.» Sie sang gut: Der schlammige Mississippi und die Baumwollfelder Georgias, denen nur selten eine so ausdauernde Aufmerksamkeit zuteilwird, hallten als wenig überzeugendes, aber inbrünstig vorgetragenes Echo durch das niedrige Wohnzimmer und füllten es mit dem behaglichen Zauber weit entfernter Orte.

«Ich singe nicht *alles* gern; und ganz bestimmt möchte ich keine Zweitbesetzung sein.»

Fedora wusste, irgendetwas würde passieren. Nach dem Singen hatte Jayce den Gästen immer vom Balkon aus den Sonnenuntergang gezeigt; sie schämte sich ein wenig für ihre Nachlässigkeit, bis ihr einfiel, dass sie heute gar keine Gäste hatte. Sie erinnerte Tillyium daran, dass sie allein waren. Sicher würde er wissen, wie es jetzt weiterging, insbesondere ohne Gäste.

«Ich werde dich nicht küssen», verkündete Tillyium feierlich, «nicht im Haus deines Mannes.»

So oder ähnlich verliefen Tillyiums Besuche, etwa eine Woche lang. Jayce' Abwesenheit stand zwischen ihnen und stutzte die Nachmittage auf eine ungemütliche Länge. Der Abendhimmel glühte nicht mehr so unübersehbar wie noch im Juli; er glühte eher theoretisch. Tillyium war den säuerlich-süßen, klebrigen Bacardi bald leid, er meinte, das Etikett des Wermuts zu schmecken. Er wollte sich nicht eingestehen, wie langweilig er Fedora fand; nach der ganzen Schwärmerei war das ganz ausgeschlossen, besonders für einen Dichter.

«Sehe ich da eine Laus über deine Leber laufen?» Außerdem ging ihm Fedoras gebieterische, besitzergreifende Art auf die Nerven – unter anderem. Ja, das war es – unter anderem.

«Immerhin keine alte Laus», antwortete Tillyium. «Es handelt sich um eine ganz neue Art ... Ich werde dir etwas erzählen.» Er versuchte also, sich auf seine

Rolle zurückzuziehen. Ihr war egal, was er sagen würde, denn er war nicht mehr halb so beeindruckend, wenn der Geist von Montmartre durch seinen Kopf spukte. Seit einer Woche versuchten sie eine zaghafte Annäherung, aber die unverhoffte Zweisamkeit machte ihnen offensichtlich beiden zu schaffen. Fedora fühlte sich so unwohl wie früher, wenn die Gäste sich beim Abschied überschwänglich für eine schlechte Party bedankt hatten.

«Von den drei Bären?» Sie täuschte Interesse vor.

«Eigentlich war es mir ernst damit, als ich sagte, dass ich dich heiraten will.»

Immerhin, es war eine Erleichterung, wieder über Pläne sprechen zu können.

«Ich bin hergekommen, um dir etwas mitzuteilen.»

Fedora suchte in ihrer Erinnerung nach einer vergleichbaren Situation, hörte aber nur den Donner durch ihr Haus an der Madison Avenue grollen. Sie beschloss, so skeptisch zu wirken, wie der Sommertag es zuließ. «Vielleicht wäre es das Einfachste, ihm einen detaillierten Vertrag mit der Post zu schicken?»

Tillyium verfolgte sein Ziel unerbittlich. «Ich hatte nicht vor», sagte er, «deinen Mann zu heiraten.»

«Oh – Jayce», wallte es hoffnungsvoll in Fedora auf. Schon war ihr von den Augen abzulesen, dass sie Jayce einfach jedem empfehlen würde.

Tillyium starrte sie ungläubig an und verwarf den Gedanken mit einer verzweifelten Geste. «So ist das also!», rief er triumphierend. «Es ist vollkommen klar: Jayce' Duette, Jayce' Sonnenuntergänge, Jayce' liebenswerte Unzufriedenheit! Wirklich, dir fällt nichts anderes ein, als Jayce' groteske Vorstellungen von Glück aufzuzählen!»

Fedora hörte in gehorsamer Bestürzung zu, während Tillyium seine böse Tirade fortsetzte. Natürlich hatte sie immer gewusst, dass sie Jayce gegenüber zu nachgiebig war, doch nun kam ihr in den Sinn, dass auch sie möglichweise ein Recht zu leben hatte. Es wehte kein Lüftchen, der süßliche Harzgeruch der Bäume war berauschend und schien den stillen Tag ersticken zu wollen. Sie würde etwas zu Tillyium sagen, das ihr ganzes Leben auf den Kopf stellen, ihr eine neue Sichtweise eröffnen würde. Aber er war nicht mehr da. Er hatte sich, launisch, wie er war, durchs Fenster gestürzt, mitten in den gleißend hellen Sonnenschlund. Die Großartigkeit seiner Gedanken trieb ihn an, er war wie ein Akrobat, der sich im Zirkus aus der Kanone schießen lässt.

«Du bist nichts», wehte sein Triumphgeheul aus den Pfingstrosen herüber, «als ein billiger Abklatsch von Jayce. Ich wünschte, ich hätte niemals auch nur einen Gedanken an dich verschwendet. Hätte ich doch nur von Anfang an meine Schlaftabletten genommen!»

Fedora versuchte, die Autorität wieder an sich zu reißen, obwohl nur noch sein Rücken zu sehen war; immerhin war es ihr gutes Leben gewesen, das er genossen hatte.

«Ich wäre dir sehr dankbar», rief sie, «wenn du aus meinem Pfingstrosenbeet verschwinden würdest. Verschwinde!», rief sie. «Und komm nie wieder!»

III

Eigentlich ist Paris nur eine Tagesreise entfernt. Wenn man zeitig losfährt, ist man am nächsten Morgen zum Frühstück da; zugleich ist die Aussicht entlang der Strecke so abwechslungsreich, dass die Reise endlos erscheint.

«Endlos», seufzte Jayce, während die Straße sie unerbittlich vorwärtszog. Belanova strahlte verstohlen und vollführte halb hinter seinem Rücken eine Pantomime der Bewunderung. Zur Mittagsstunde hatten sie das liebeskranke Gewirr und den gespenstischen Glanz der verwilderten Rivieragärten hinter sich gelassen. Das Auto schnurrte über Pappelalleen, sie konnten Torf und Zucchini riechen und den provenzalischen Atem von Äckern, Weinbergen und Dreschplätzen.

«Ich bin ja so froh», lächelte Belanova in sich hinein, «über diese Mitfahrgelegenheit.»

Belanovas Gesellschaft war, dachte Jayce, unter anderem deswegen so angenehm, weil ihr die Kosten einer Zugfahrkarte immer noch etwas bedeuteten; in den meisten Lebenslagen war sie zum Abwägen gezwungen.

Jayce bewunderte Menschen, deren Besitz fraglos erarbeitet war und die ihr Leben genießen konnten, ohne sich ständig mit rein theoretischen Problemen herumschlagen zu müssen. Nicht dass er zu Hause unglücklich gewesen wäre.

«Sieh dir diese Straßen an», rief er, um sich selbst vom Weiterdenken abzuhalten. «Ist es nicht wunderbar, wie die Platanen die Landschaft in Träume hüllen?»

Er schloss mit einer gewagten Formulierung: «Sie wiegen das Idyll in den Schlaf.»

«O ja», pflichtete Belanova ihm bei. Sie versuchte, etwas Geistreiches zu sagen, das Jayce' Bedürfnis nach Austausch erfüllte. «Es wäre der perfekte Hintergrund für meine neuen Fotos ... das Kleid könnte so sitzen ... oder so.» Schwärmerisch und mit weit ausholenden Gesten zeichnete sie eine komplizierte Silhouette in die Luft. Jayce unterdrückte seine Enttäuschung.

«Das kenne ich aus dem Kino», sagte er reserviert.

«Was tragen sie sonst noch in amerikanischen Filmen?», fragte sie interessiert nach.

«Wir haben nie Zeit, ins Kino zu gehen. Vielleicht in Paris?» Die Vorstellung, sich mit ihr zusammen etwas Neues anzusehen, eine gemeinsame Entdeckung zu machen, erfüllte Jayce mit neuer Zufriedenheit, und er lächelte hoffnungsvoll.

«Ja, vielleicht», sagte sie. Sie überlegte sich, dass Jayce eine weitere Bekanntschaft sein könnte, die möglicherweise unberechtigte Ansprüche anmelden würde, und verzog vorsichtshalber das Gesicht. «Falls abends etwas abgesagt wird oder etwas ausfällt; ich meine, ich muss niemanden treffen und habe auch sonst keine Verabredungen. Aber ich gehe nicht oft zum reinen Vergnügen aus.»

«Natürlich nicht.»

Das französische Taktgefühl ist eine Zierde des Alltags; es lädt banale Tätigkeiten, die in anderen Ländern nebenbei verrichtet werden und so viel Finesse scheinbar nicht verdient haben, mit zusätzlicher Bedeutung auf. Der unbedingte Wille, alles voll auszukosten, zeigt sich selbst im Umgang mit dem Wetter. An milden Sonntagen beispielsweise übertreibt die Pariser Bevölkerung maßlos, wenn es um die Zurschaustellung ihrer Muße geht. Die Leute führen ihre Hochachtung vor der Herbstsonne auf den breiten Sandwegen des Bois spazieren, und im Zoo verleihen sie ihrer Begeisterung für die wundersame Tierwelt lautstark Ausdruck. Einträchtig staunende Menschenmengen bemühen sich an hallend leeren Sonntagen pflichtbewusst um das Verstreichen möglichst heiterer Stunden, während sie Sehenswürdigkeiten wie die Place de la Concorde oder den Arc de Triomphe geflissentlich ignorieren.

Jayce hatte alles sorgsam geplant: Sie würden nach Saint-Cloud fahren, die Aussicht genießen und zuschauen, wie die steile Uferböschung zum vorerst letzten Mal im langen Traum des Sommers badete. Er wartete vor Belanovas Tür auf diese kleine Feier, die er sich so redlich verdient hatte – wochenlang hatte er andächtig gewartet, vor Türen und in Vorzimmern, und nun war es an der Zeit für die beispiellos köstliche Belohnung. Doch sobald sie ihm die Tür öffnete, wusste er, der Ausflug würde nicht halb so lustig werden wie erhofft; und dann merkte er, dass er kein bisschen lustig werden würde. Belanova war ganz und gar ausgelastet mit ihren beruflichen Ansprüchen, die, wie Jayce sich nun eingestehen musste, im Vergleich zu Fedoras weltlichen Besorgnissen der härtere Gegner waren.

«Mein armer Jayce, bitte sag, dass du mir noch ein Mal verzeihst!»

«Wir unternehmen den Ausflug nicht?»

«Ich würde ja liebend gern, von ganzem Herzen»,

hauchte sie inbrünstig, «aber Madame Stéphanie ist heute Vormittag auch da, ich muss unbedingt ins Studio.»

Jayce bemühte sich, nicht unhöflich zu werden. «Selbstverständlich. Können wir uns später treffen?»

«Ich übe gerade eine neue Schrittfolge ein; da wird es viel zu besprechen geben. Mein armer Junge.» Ihre Gesichtszüge entglitten ihr vor Bedauern.

Der «arme Junge» war ganz offensichtlich eine hohle Phrase. Wenn es um ihre Arbeit ging, ließ Belanova sich nicht ablenken, nicht einmal, wie zu ihrer Verteidigung gesagt sein muss, von der Arbeit selbst. Es tat ihr sehr leid, aber Jayce war zu höflich, als dass sie sich um ihn weitere Gedanken machen müsste. «Ich würde dich gern zuschauen lassen», sagte sie, «aber leider sind keine Gäste erlaubt ...»

«Natürlich nicht.» Jayce hatte Verständnis, er mochte Gäste ebenfalls nicht, vielleicht lag es daran; in der Tat hatte er die Gäste inzwischen so über, dass er sich manchmal fragte, wie Fedoras Pfingstrosen wohl den warmen Herbst überstanden hätten; wahrscheinlich blühten längst die Dahlien.

«Tja, dann hole ich dich eben morgen ab.» Er hatte keine Wahl. Den Tisch in Saint-Cloud könnte er telefonisch absagen; er würde jedoch noch eine Runde drehen müssen, um den Champagner zu bezahlen. Aber nur das war letztlich von Bedeutung – seine Hoffnung auf zukünftiges Glück.

Der Winter hielt Einzug in Paris, und alles, was im Leben gratis zu haben war, wurde schwerer zu ertragen. Schon konnte man die allgemeine Genügsamkeit spüren. Der Klebstoff der Kunstblumen schmolz im herbstlichen Nebel, und aus dem Süden blies ein herber, scharfer Wind in die Stadt. Jayce hatte überhaupt keine Lust mehr, Belanova ständig zu den Proben fahren und sich dann verabschieden zu müssen.

Er hielt zwischen dem Zauberladen und der Pförtnerloge des Théâtre Caumartin und überlegte. Es wäre angebracht, zu wissen, was genau ihn so verärgerte, bevor er zu schimpfen anfing.

«Ich darf also nicht mit hinein?», tastete er sich vor.

Belanova riss unschuldig die großen Eulenaugen auf. «Was sollen die Leute sagen!» Sie klang wie eine Mutter, die eine Ausrede sucht, weil sie vergessen hat, ein Geschenk zu besorgen.

«Seit wir in Paris sind, habe ich dich keine halbe Stunde am Stück gesehen.»

«So lange sind wir schon hier?», sagte sie erstaunt. «Du hast mich hergebracht, und um sechs holst du mich wieder ab», schlug sie vor.

Jayce, der nie gelernt hatte, das Leben als – wenn auch schöngefärbten – Existenzkampf zu betrachten, fiel nichts zu sagen ein, deswegen sagte er: «Ich sehe nicht ein, wozu … aber bitte.»

Um zwanzig nach sechs schmerzten seine Augen vom Ausschauhalten. Er wurde missmutig. So oft hatte er sich eingeredet, die Treffen mit ihr wären lohnenswert, dass er inzwischen das Gefühl hatte, Belanova ein ums andere Mal neu erfinden zu müssen, um sich auf sie freuen zu können.

Im Halbdunkel gingen viele Frauen mit ähnlich hübschem Gesicht vorbei. Welche vermeintlichen Genüsse hatten ihn eigentlich nach Paris gelockt? Der Abend funkelte herrlich, die ganze Stadt fieberte dem Auszug des Tages entgegen: Die Dämmerung hatte rätselhafte Aufträge zu erfüllen, und am Horizont braute sich jetzt schon ein neuer Morgen zusammen; die einen freuten sich auf ihr Zuhause, andere träumten von fremden Orten im Ausland, von einer Überquerung des Ärmelkanals oder einer Fahrt mit dem Orientexpress. Endlich erschien Belanova, wie immer hatte sie für ihren ebenso gelungenen wie geheimnisvollen Auftritt den passenden Zeitpunkt gewählt und verstrahlte den müden Glanz harter, aber getaner Arbeit.

Als er sie erblickte, begriff Jayce, dass ihn vor allem ihre Zielstrebigkeit so fasziniert hatte, die stärker war als sein eigener Wille. Sie lebte in ständiger Erwartung und wurde von unaufhaltsamem Ehrgeiz getrieben; sicher war ihre Kindheit eine Aneinanderreihung strenger Unterrichtsstunden gewesen. Jayce bekam den Eindruck, dass allein diese Härten und Mühen sie erlöst hatten von den sinnlichen Erschöpfungen des – des Lebens! Egal wie elegant ihre Kleider waren, sie würden niemals so *soigné* sein wie der Körper, den sie verhüllten; egal wie sehr er das Tempo anzog, nichts würde je so kompliziert sein wie ihr Alltag; bei jeder Begegnung mit ihm betrat sie eine spirituelle Arena, und Jayce blieb nichts, als reflexhaft den Daumen zu heben.

«Mein lieber Jayce», sagte Belanova sehnsüchtig und ließ sich in die schützende, luxuriöse Umarmung seines Autos sinken, «meinst du, wir könnten bei Bucher vorbeifahren? Ich möchte diese Filme so gern haben ...»

Es hätte nichts genützt, den Abend mit einem Wutausbruch zu vergiften. Obwohl sie ihm eigentlich versprochen hatte, die verplemperte Zeit durch eine einzige, süße Stunde auf ein erträgliches Maß zu reduzieren, lächelte er höflich und fragte verkniffen: «Und danach?»

Belanova zog sich die Dämmerung über die andere Schulter. «Ich würde dich nicht fragen», flötete sie, «aber ich muss einfach.»

«Wo möchtest du danach hin?»

Belanova strahlte. «Woher wusstest du …?» Sie fing zu schwärmen an. «Mein lieber Jayce, manchmal glaube ich wirklich, du kannst hellsehen. Da gibt es noch einen Laden …»

Hinter dem ehrwürdigen Parc Monceau setzte er sie ab. Seine Pläne waren über den Haufen geworfen, seine Absichten durch ihre pausenlosen Verpflichtungen und Verabredungen vereitelt. «Besorgungen, Termine!» Die Widrigkeiten des Lebens trieben ihm Tränen in die Augen, und dann fragte er sich, ob die Welt nicht ganz allgemein ein enttäuschender Ort war. «Eigentlich würde ich ihr lieber Unterwäsche kaufen.»

Er zerbrach sich den Kopf. «Ach, sie hat mehr Hintergedanken als Rotkäppchens Wolf und mehr Sonntagstermine, als Fedora viktorianische Tugenden besitzt», und dann fuhr er in ihre Wohnung, um zu warten.

IV

Denn warten würde er. Die Stille in ihrer Wohnung war beruhigend, und keineswegs ließe sich das, was er tat, als «schnüffeln» bezeichnen; als es klingelte, beschloss er sogar, die Tür zu öffnen.

«Ich weiß nicht, wo Mademoiselle Belanova sich aufhält.» Jayce' Stimme bebte vor Verzweiflung. «Mehr», fuhr er fort, «kann ich nicht dazu sagen.»

Braunbein überging Jayce' entwaffnende Ehrlichkeit auf die ihm eigene, schmierige Weise und sagte: «Ich dachte nur, vielleicht können Sie mir einen Fingerzeig geben – das heißt, einen Hinweis darauf, wo Mademoiselle sich zu dieser Stunde aufhalten könnte.»

Jayce blieb standhaft. «Wenn sie da ist, wo sie normalerweise ist», trumpfte er grenzenlos angewidert auf, «muss sie nur kurz zum *maître de ballet,* zum Fotografen, zum Presseagenten und zur Passbehörde, und danach schaut sie vielleicht noch hier oder da vorbei, um ‹Oh, hallo!› zu sagen. Warum sehen Sie nicht einfach dort nach?», schloss er verbittert.

Bei komplizierteren englischen Vokabeln wurde Mr. Braunbeins Aussprache feucht, verwirrende Situationen brachten ihn dazu, vor lauter Aufregung aus den Mundwinkeln zu sabbern. «Das ist ja wirklich ein merkwürdiger Zufall», fuhr er unbeirrt fort.

«Für einen Materialisten wie mich jedenfalls zu merkwürdig, um von dem geringsten Interesse zu sein», sagte Jayce abwehrend.

Braunbein verlagerte sein Körpergewicht von einem Fuß auf den anderen, um dann einen Vorstoß zu wagen. «Es geht um Mr. Belanova», sagte er.

«Wie bitte?»

«Wissen Sie, er …»

«Ich weiß von nichts, ich habe den Mann nie gesehen.» Auf einmal war Jayce schrecklich erleichtert, dass es einen Ehemann gab; erleichtert darüber, dass es vorbei war, wie ein Mensch, der die Treppe hinuntergefallen und unten angekommen ist. Er sprach betont gefasst weiter: «Und seine Frau auch so gut wie nie, wenn das ein Trost ist.»

«Ich weiß, Madame ist eine viel beschäftigte Person», pflichtete Braunbein ihm voller Nachsicht bei.

Jayce war der Meinung, dass er nun ebenso gut die ganze Wahrheit erfahren könnte. «Was will er?», fragte er streng. «Dieser Mr. Belanova?»

«Oh, ich habe ihn noch nicht gesprochen; aber ich weiß ganz sicher, dass er ein eher bescheidener Mensch ist.»

«Sie skrupelloser Irrer, Sie menschlicher Fußabtreter!», schrie Jayce. «Wollen Sie mich etwa erpressen?»

Braunbein lächelte süß-säuerlich. «Das Ganze ist möglicherweise ein wenig komplizierter.» Er ließ den Blick abschätzend durch die Wohnung schweifen und kommentierte den Anblick mit den rätselhaften Worten: «Tillyium besaß einen sehr guten Geschmack, *n'est-ce pas*, Monsieur?»

Jayce war nicht einmal gekränkt. Dazu hatte er kein Recht, außerdem hätte er sich niemals zu einem peinlichen Gefühlsausbruch hinreißen lassen. Dafür bedeuteten ihm diese Südeuropäer nicht genug.

«Er besitzt ihn vermutlich immer noch.»

«Alles verändert sich mit der Zeit», entgegnete Braunbein.

«Ganz sicher», sagte Jayce und nickte heftig. «Die Zeit regelt alles Mögliche, wohin man reist beispielsweise, und wie, und vor allem: wen das etwas angeht. Wenn Sie Madame bitte ausrichten würden, dass ich

Paris heute Abend verlasse, um in den Süden zu fahren?»

Braunbein lächelte. «Selbstverständlich werde ich das tun, Monsieur», sagte er, ohne sich von der Stelle zu rühren. «Was für ein Zufall, ich wollte gerade sagen, dass ich ebenfalls vorhabe, morgen dorthin zurückzukehren, und nun, wo Sie doch genau diese Strecke fahren, frage ich mich ...»

«Ja», schrie Jayce, «aber Sie müssen hinten sitzen – während der gesamten Fahrt. Hinten!»

«Selbstverständlich, Monsieur.»

«Und sprechen Sie nie wieder dieses Kauderwelschfranzösisch mit mir.»

Eine Autofahrt von Paris an die Côte d'Azur ist eine unterhaltsame Angelegenheit. Das Burgund, so tadellos wie die Illustrationen in einem Bilderbuch, gibt den ersten Anstoß, und dann rollt das Auto durch Tunnelbögen feudaler Türme und verschlafene, verzauberte Dörfer. Schon bald tropft die Zeit aus den riesigen Bäumen, und weiter südlich teilen sich die Felder und geben den Blick auf sonnensatte Unlust frei. In der Abenddämmerung hüllt eine jahrhundertealte Melancholie die schmalen Gassen in Geschichte, und alle Straßen verlaufen sich in der Dunkelheit. Kurz darauf scheint sich eine den Göttern abgetrotzte Sorglosigkeit auf die Landschaft zu legen, und dann ist man fast schon zu Hause.

Fedora wird sich zweifellos bereit erklären, Jayce in ihrer Planung wieder zu berücksichtigen – was bleibt einem Menschen letztendlich auch zu tun, als zu lieben und am Leben zu bleiben, wenigstens sieht die Tradition es so vor. Und gewiss wird Jayce mit Rasierschaum auf den Badezimmerspiegel schreiben: «Nicht vergessen, ihr das Abendessen bei Soundso zu gönnen ...» Vielleicht wäre es sogar ganz amüsant, sie dann und wann zu begleiten, und in der Zwischenzeit könnten er und Fedora ein abenteuerliches, aufregendes Leben führen, einträchtig und innerhalb der Grenzen der gesellschaftlichen Ordnung natürlich.

ANMERKUNGEN

1 Florenz Ziegfeld Jr. (1867–1932), US-amerik. Theater- und Filmproduzent, der 1907–1931 die berühmten Ziegfeld Follies am New Yorker Broadway auf die Bühne brachte. Dabei handelte es sich um eine Revue, die sich im Lauf der Jahre zu einem opulenten Spektakel entwickelte. Besondere Aufmerksamkeit erregten die *chorus girls*, die in elaborierten Kostümen sangen und tanzten und als die «schönsten Frauen der Welt» beworben wurden.

2 Zitat aus William Shakespeare, *Hamlet* I,3 (übersetzt von August Wilhelm Schlegel). Die Wendung im Original, *«the primrose path»*, ist in den engl. Sprachgebrauch eingegangen als bequemer Weg zu (vor allem auch sinnlichem) Vergnügen.

3 Oftmals reich verziertes Telefon mit hoher Gabel.

4 Im Original frz: «begehrt», «gefragt».

5 Klassischer Cocktail aus Cognac, Cointreau und Zitronensaft.

6 Gestalt aus Richards Wagners *Ring des Nibelungen* (1869–1876): bevorzugte der neun Walküren, d. h. illegitimen Töchter des Gottes Wotan. Ihre Liebe zu Siegfried durchbricht schließlich den Fluch des Ringes.

7 *A Visit from St. Nicholas* (auch bekannt unter dem Titel *The Night Before Christmas*) ist ein in den USA

sehr bekanntes Weihnachtsgedicht, erstmals anonym veröffentlicht 1823. Als Autor wird entweder Clement Clarke Moore (1779–1863) oder Henry Livingston, Jr. (1748–1828) angenommen. 1947 übersetzte Erich Kästner das Gedicht unter dem Titel *Als der Nikolaus kam* ins Deutsche.

8 Vermutlich ist Fred Harvey (1835–1901) gemeint, der Gründer einer Kette von Bahnhofsrestaurants im Südwesten der USA. Die *Harvey Houses* waren für ihre wohlschmeckende und sorgfältig zubereitete Hausmannskost bekannt (meist Fleischgerichte mit Kartoffeln). Er betrieb außerdem zahlreiche Speisewagen der Santa Fe Railway.

9 Mary Pickford (1892–1979), größter weiblicher Hollywoodstar der Stummfilmära, begann ihre Karriere bereits als Kind und war dann lange auf die Rolle als kleines Mädchen festgelegt. So spielte sie z. B. 1926, als 34-Jährige, das Waisenmädchen Molly in dem Film *Sparrows*.

10 Der Theaterproduzent Morris Gest (1875–1942) brachte zahlreiche Shows am Broadway auf die Bühne. *Das Mirakel / The Miracle* ist ein Bühnenstück des dt. Autors Karl Gustav Vollmoeller und des österr. Regisseurs Max Reinhardt, das 1911 in London Premiere hatte. Es bestand aus pantomimischem Schauspiel, Gesang und Tanz und verbreitete sich schnell in ganz Europa. 1924 holte Morris Gest es an den Broadway, anschließend ging es für fünf Jahre auf US-Tournee.

11 Anspielung auf ein Zitat aus Lewis Carrolls *Alice hinter den Spiegeln* (1872), der Fortsetzung von *Alice im Wunderland*. Darin bietet die weiße Schachkönigin

Alice als Lohn Marmelade an: *«The rule is, jam to-mor-row and jam yesterday – but never jam to-day.»* Die Redewendung wird heute sprichwörtlich gebraucht für ein zukünftiges angenehmes Ereignis, das wahrscheinlich nie eintreten wird.

12 Phi Beta Kappa, 1776 gegründet, ist die älteste und exklusivste akademische Verbindung der USA. Die drei griech. Buchstaben stehen für *philosophia biu kybernetes*, was «Die Liebe zum Lernen ist der Schlüssel für ein erfolgreiches Leben» bedeutet. Die Mitglieder werden nach ihren exzellenten akademischen Leistungen und ihrer breiten Bildung ausgewählt. Ihr Symbol ist ein goldener Schlüssel.

13 Traditionelles alkoholisches Getränk aus Whisky, Zuckersirup, frischer Minze und zerstoßenem Eis, entwickelt im 18. Jahrhundert in den Südstaaten der USA.

14 Zwei Figuren aus einem traditionellen engl. Kinderreim (*«Tweedledum and Tweedledee / Agreed to have a battle ...»*), die auch in Lewis Carrolls *Alice hinter den Spiegeln* (vgl. Anm. 11) auftreten. In den engl. Sprachgebrauch sind die Namen als Bezeichnung für Personen oder Dinge eingegangen, die einander ununterscheidbar ähnlich sind.

Angenommen, die Verfasserin dieser Erzählungen wäre eine Unbekannte, ein *no name* – nicht die als Frau eines der bekanntesten Schriftsteller des zwanzigsten Jahrhunderts ebenfalls sehr bekannt gewordene Zelda Sayre Fitzgerald, sondern einfach eine junge Amerikanerin, die vor bald hundert Jahren einige Kurzgeschichten schrieb. Wie würden wir diese Geschichten heute lesen, wie würden sie auf uns wirken?

Zunächst einmal würde einem auffallen, dass die Storys von Frauen handeln, und zwar von solchen, die sehr selbstbewusst auftreten und sich ihrer selbst zugleich sehr bewusst sind. Es sind Frauen, die sich in Szene zu setzen verstehen und genau wissen, wie und wann sie die Grenzen des guten Benehmens oder des guten Geschmacks übertreten – und warum. Es sind moderne Charaktere, die vielfach die Romantik der Jugend gegen eine demonstrative Abgebrühtheit eingetauscht und sich dabei nicht selten im Netz des Zeitgeistes verfangen haben, Flapper, die mit ihrem Auftreten keine politische Haltung verbinden, sondern eine ästhetische. Es sind geborene Rebellinnen, eigenständig, schlagfertig und lebhaft; lauter emanzipierte Protagonistinnen, die dazu einladen, Rückschlüsse auf die Persönlichkeit der Verfasserin zu ziehen.

Sodann wäre man verblüfft von Eigensinn und Sicherheit des Tons, fasziniert von den bildstarken Metaphern, den zwischen scheinbarer Spontaneität und elaborierter Ausgefallenheit changierenden Beschreibungen. Diese Autorin besitzt die Gabe, ihre Heldinnen so auftreten zu lassen, als habe sich gleichsam ein Vorhang vor ihnen gehoben und als säße sie selbst als Kommentatorin mitten unter uns im Publikum und schaute gebannt auf die Bühne. Gracie, die Protagonistin aus der Geschichte *Unsere Leinwandkönigin*, wird dem Leser zunächst als eine kuriose Mischung aus hübsch, pummelig und seltsam frisiert präsentiert, bevor es heißt: «Sie wirkte so warm und feucht wie aus heißem Milchschaum geboren – was sich nicht ausschließen ließ, immerhin hatte niemand je ihre Mutter gesehen.» Die dampfende Sinnlichkeit, die Gracie fortan verströmt, könnte bloße Behauptung sein, doch dann wird sie zum Antrieb einer rasanten Geschichte um Eitelkeit, Eifersucht und Geltungsdrang in der amerikanischen Provinz, in der die Männer letztlich nur als rasch durchschaubare und daher leicht zu instrumentalisierende Staffage dienen. Überhaupt bleiben die Männer in diesen Schicksalsgeschichten von «kaleidoskopischen» Frauen fast unsichtbar, sind lediglich als Objekt großer, verhängnisvoller Liebe im Hintergrund präsent.

Selbst auf die Erzählung, die Zelda Fitzgerald vermutlich als letzte geschrieben und nicht mehr veröffentlicht hat, *Andere Namen für Rosen*, trifft dies zu: Vordergründig steht zwar Jayce im Mittelpunkt, der missverstandene, unterschätzte Ehemann und abgewiesene Liebhaber. Doch das Gravitationszentrum der Handlung bildet Belanova, die ehrgeizige, begabte junge Frau, die sich ähnlich wie Lou in *Mädchen mit Talent* ihre Karriere von keinem Mann verderben lassen will; während Jayce seine eigenen künstlerischen Ambitionen niemals ernsthaft verfolgt. Durchschaubar und leicht zu instrumentalisieren ist auch er.

Eine leise Tragik ist, bei aller Entschlossenheit im Ton, nie weit. Durchweg sind die Protagonistinnen gebrochene Charaktere, die mehr erlebt haben, als ihnen gutgetan hat – was sie sich indes niemals anmerken lassen würden. So verbreiten sie zwar den Glamour von Champagner, Samtkleidern und Perlen, doch es ist ein matter Glanz, nicht das Strahlen von Siegerinnen. Unverbraucht und neu ist hier allein die Sprache. Sie ist die eigentliche Heldin der Erzählungen.

«Das Auffälligste an Gay war ihre Art; man hatte fast den Eindruck, sie spiele sich selbst», heißt es zu Beginn von *Die erste Revuetänzerin*. Dieser Eröffnungssatz ist in mehrfacher Hinsicht bemerkenswert. Er zeigt die leichtfüßige Unmittelbarkeit und Lebendigkeit des Stils der Autorin – und zugleich macht er deutlich, dass nichts als stilloser empfunden wird als Unmittelbarkeit und Lebendigkeit. Bei allem, was diese Geschichten so modern anmuten lässt, tritt hier die eine große Fremdheit zwischen Entstehungszeit und Lesegegenwart zutage. Die Autorin beschwört eine Ära herauf, in der Authentizität nichts Erstrebenswertes hatte, sondern einer Kapitulation gleichkam. Für Zelda Fitzgerald war die ganze Welt eine Bühne, und die wichtigste war ihr Privatleben mit ihrem Mann. Der Drang und das Talent zur Selbstinszenierung auf Partys, in Interviews und vor allem in ihren Werken gehört zum Mythos dieses Paares. Vordergründig handeln auch Zelda Fitzgeralds Erzählungen von dieser Kunst – und dem hohen Preis, den sie fordert. Sie lassen sich aber ebenso als Eingeständnis lesen, dass es kaum etwas Schwierigeres gibt, als ganz bei sich und ganz man selbst zu sein. Insofern zielt der Satz auch mitten in Zelda Fitzgeralds eigene Biografie, die untrennbar mit der ihres Mannes, des Schriftstellers F. Scott Fitzgerald, verbunden ist.

Geboren am 24. Juli 1900 als jüngste Tochter eines hochrangigen Richters und späteren Senators in Montgomery, Alabama, verbrachte das jüngste von sechs Geschwistern eine behütete und freie Kindheit. Der Vorteil großer Familien sei, erklärte Zelda Fitzgerald später, dass sie Kindern die Möglichkeit böten, «das zu sein, was sie sein wollen – sie werden nicht durch zu viel Aufsicht unter Druck gesetzt und auch nicht auf irgendeine Weise durch das normale Leben beeinflusst». Als sie mit achtzehn Francis Scott Fitzgerald begegnete, der sich unter dem Eindruck des Ersten Weltkriegs freiwillig zur Armee gemeldet hatte und eine Zeit lang in Montgomery stationiert war, hatte sie in ihrer Heimatstadt denn auch bereits durch gewagte Kostümierungen und Ballettdarbietungen für Gerede gesorgt. Die folgende Beschreibung (aus *Die erste Revuetänzerin*) darf man getrost als Selbstporträt lesen: «In den ersten Jahren war sie kurz davor gewesen, ihren Ruf zu ruinieren. Sie hatte sämtliche in der Sonntagsbeilage aufgeführten Partys besucht, und die Pressefotos waren so spektakulär, dass ihre rätselhafte Bekanntheit ins Ordinäre umzuschlagen drohte.» Scott Fitzgeralds Versprechen, er stehe kurz davor, ein berühmter Schriftsteller zu werden, genügte der Umschwärmten nicht. Seinen Heiratsantrag nahm sie erst an, als zwei Jahre später tatsächlich sein erster Roman erschien. Mit *This Side of Paradise (Diesseits vom Paradies)* begann 1920 ihre Ehe und zugleich Scott Fitzgeralds Karriere als Schriftsteller; für die nächsten zwanzig Jahre sollte dieser Zweiklang bestimmend bleiben. Als 1921 die Tochter Scottie zur Welt kam, hatte das Jazz Age, als dessen Galionsfiguren die Fitzgeralds bis heute gelten, sie bereits vollends erfasst; ihr Auftreten war so extravagantüberdreht wie ihr Lebensstil. Die Währung, um welche das schillernde junge Paar buhlte, hieß Aufmerksamkeit, und Alkohol war dabei nie weit.

Die Tochter Frances «Scottie» Fitzgerald hat einmal geschrieben, es sei das Unglück ihrer Mutter gewesen, mit vielen Talenten geboren worden zu sein – «zu schreiben, zu tanzen *und* zu malen» –, aber leider ohne die Disziplin, eine dieser Begabungen für anstatt gegen sich einzusetzen. Dem Ballett galt ihre große Liebe; dass sie in den späten Zwanzigern unermüdlich trainierte, um als professionelle Tänzerin akzeptiert zu werden, bis sie das Angebot eines Engagements an der Oper von Neapel erhielt, ist oft als Auslöser ihres ersten psychischen Zusammenbruchs 1930 gedeutet worden. Zum Schreiben kam sie einerseits über ihren Mann, der manche Bemerkung und manchen Tagebucheintrag seiner Frau wortwörtlich in seine Romane einfließen ließ, zum anderen wohl auch über die Medien, die sie in den ersten Ehejahren oft nach ihrer Meinung zu den Werken ihres Mannes, über moderne Lebensführung,

Ehe und Kindererziehung befragten, wozu sie sich gern kontrovers äußerte. Und schließlich war da die Malerei, die sie auch schon als Kind betrieben hatte, und zu der sie ab Ende zwanzig mit großer Intensität zurückkehrte, nachdem ihr die Ärzte untersagt hatten, je wieder zu tanzen. Zelda Fitzgeralds offenkundigem, elementarem Wunsch danach, für eigene Begabungen wahrgenommen zu werden, durchaus auch danach, auf diese Weise ihr eigenes Geld zu verdienen, stand nicht nur der Ruhm ihres Mannes gegenüber, sondern auch der Umstand, dass sie bei Veröffentlichungen ihrer Geschichten oft allenfalls als Koautorin genannt wurde, während der Name Francis Scott Fitzgerald das Stück trug. Harold Ober, Fitzgeralds umtriebiger Agent, ließ manches sogar nur unter Scott Fitzgeralds Namen erscheinen. Auch wenn der Grund dafür vor allem ein finanzieller gewesen sein dürfte – nachdem die Verfasserin nicht mehr als Koautorin genannt wurde, brachte beispielsweise die Veröffentlichung von *Das Mädchen und der Millionär* statt fünfhundert ganze viertausend Dollar ein –, muss die Erfahrung für Zelda Fitzgerald in ihrer Identitätssuche niederschmetternd gewesen sein. Hinzu kommt, dass die Themen und Motive ihrer Erzählungen zwar durchaus verwandt sind mit denen ihres Mannes, Zelda Fitzgeralds Perspektive aber eine ganz andere, nämlich deutlich weibliche ist. Das gilt für diese Erzählungen ebenso wie für ihren späteren Roman *Save Me the Waltz (Ein Walzer für mich)* und das Theaterstück *Scandalabra*.

Woran liegt es dann, dass sie erst ganz allmählich als Schriftstellerin eigenen Ranges aus dem Schatten ihres Mannes tritt? Dass Zelda und Scott Fitzgerald so lange als Einheit wahrgenommen wurden, ist vor allem darauf zurückzuführen, dass sie fast ausschließlich, ja exzessiv umeinanderkreisten; sein Satz «Ich weiß nicht, ob Zelda und ich real sind oder nur Figuren in einem meiner Romane» ist zum Inbegriff der Beziehung geworden. Lange Zeit waren die jeweiligen Rollen dabei festgeschrieben: Er als einer der größten amerikanischen Autoren des Jahrhunderts; sie als erratische Muse, die ihren Mann durch ihre Eskapaden und ihre Volatilität inspirierte, aber zugleich wegen ihrer langen und kostspieligen Krankenhausaufhalte zunehmend zu einer Belastung wurde. Denn jede Beurteilung von Zelda Fitzgeralds künstlerischem Talent stand unter dem Eindruck ihrer ab 1930 auftretenden Schizophrenie (oder bipolaren Störung, wie Ärzte heute vermuten), die ihr lange Aufenthalte in Kliniken aufzwang, zunächst in Frankreich, dann in der Schweiz, schließlich daheim in Amerika. Dann ist da die bekannte und vielfach beleuchtete gegenseitige Verbitterung des Ehepaars nach der Veröffentlichung von *Ein Walzer für mich*, jenem Roman, den Zelda Fitzgerald binnen weniger Wochen im Sanatorium niederschrieb und in dem sie auf dasselbe Material, nämlich das gemeinsame Leben, zurückgriff wie ihr Mann in *Tender Is the Night (Zärtlich ist die Nacht)*, der erst deutlich nach Zelda Fitzgeralds Werk erschien. Fast immer hat man Scott Fitzgeralds Vorwürfe gegen seine Frau wiederholt und ihm als «Profi» damit das Vorrecht zugestanden, das gemeinsame Leben schriftstellerisch zu verwerten. Erst allmählich ist die Antwort auf die

Frage, ob die eine Form der künstlerischen Verarbeitung in einer Beziehung unter Gleichen einen Betrug darstellt, aber die andere nicht, zu einer der persönlichen Haltung geworden. Zelda Fitzgeralds Biografin Nancy Milford hat als entscheidende Gemeinsamkeit der Verbindung «romantisch gefärbten Egoismus» ausgemacht. Trotzdem blieben sie durch viele Krisen hindurch einander in Gedanken und Briefen nah bis zu Scotts Fitzgeralds plötzlichem Tod im Jahr 1940.

Ihre Lakonie und ihre Scharfzüngigkeit haben Zelda Fitzgerald immer wieder Vergleiche mit ihrer Generationsgenossin Dorothy Parker eingetragen, doch die Frische und Unmittelbarkeit ihrer Beschreibungen lassen noch an eine andere große amerikanische Autorin denken, die ebenfalls aus Alabama stammte, auch wenn sie erst 1926 geboren wurde: Harper Lee. Immer wieder gibt es in Zelda Fitzgeralds Erzählungen Passagen von geradezu traumwandlerischer Sicherheit, die einhergeht mit wunderbar sinnlichen Eindrücken ihrer Heimat: «Jeder Ort hat seine eigene Stunde: das winterliche Rom im glasigen Mittagslicht, Paris unter dem blauen Frühlingsflor der Abenddämmerung, New York mit seinen rot glühenden Häuserschluchten bei Sonnenaufgang. Auch Jeffersonville besaß – und besitzt vermutlich bis heute – eine Stunde und eine Stimmung, wie sie nirgendwo sonst zu finden ist. Sie setzte im Frühsommer gegen halb sieben am Abend ein, wenn die Straßenlaternen an den Kreuzungen flackernd erwachten, und sie dauerte an, bis die großen, weiß glühenden Kugeln von innen ganz schwarz waren vor lauter Motten und Käfern und die Kinder von den staubigen Straßen ins Haus gerufen und zu Bett geschickt wurden» (aus *Ein Südstaatenmädchen*). Da sind die lebenssatten Schilderungen aus *Wer die Nachtigall stört* plötzlich ganz nah. Und ähnlich wie später für Harper Lee ist auch Zelda Fitzgeralds vielleicht wichtigstes Thema die Art der Menschen, mit enttäuschten Erwartungen umzugehen, wobei sie kein Bedauern für die Charaktere erkennen lässt: «Zu der Zeit war sie krampfhaft bemüht, an etwas festzuhalten, was niemals klar umrissene Form angenommen hatte – die Vergangenheit», heißt es in *Die erste Revuetänzerin* über Gay. «Doch die Ereignisse, die zusammengenommen ihr Leben ergaben, ließen sich nicht miteinander in Verbindung bringen … Die Zusammenhanglosigkeit ihrer Tage machte es ihr unmöglich, von etwas wirklich überrascht zu sein oder den Dingen mit etwas anderem zu begegnen als maßloser Toleranz.»

Scott Fitzgerald hat einmal über seine Frau gesagt, sie beginne ihre Geschichten am Ende. In der Tat sind Zelda Fitzgeralds Erzählungen sprunghafter, assoziativer als die ihres Mannes, auch abschweifender und stärker zur Abstraktion neigend. Diese Autorin ist erstaunlich wenig am intimen, privaten Leben ihrer Figuren interessiert. Sie geht auf in der Beschreibung der bühnenreifen Performance für die Außenwelt, die sie mit gekonnten Aphorismen wie diesem aus *Miss Ella* spickt: «Für viele Menschen ist die Liebe so trügerisch wie die Marmelade in ‹Alice im Wunderland› – gestern Marmelade, morgen Marmelade, nur heute gibt es keine.» Ein ums andere Mal schreibt diese Autorin solche lebensphilosophischen Sätze, die den Leser innehalten lassen: «Gedankenverloren sortierten sie ihre Träume, Seite an Seite, wie man saubere Laken in den Wäscheschrank legt», heißt es an anderer Stelle in dieser ihrer besten Geschichte.

Die Erzählungen setzen auf den Effekt solcher Beschreibungen; ja mitunter scheint es, als sei die Handlung lediglich ein Vorwand, eine Kulisse für die Figuren, deren literarische Qualität vor allem darin besteht, von dieser Autorin charakterisiert zu werden – einer Autorin, die in ihren Geschichten weibliche Identitäten an- und ausprobiert wie ein Filmstar die Kostüme aus dem Fundus einer Schauspielschule. Vielleicht ist es diese Mischung aus professioneller Coolness und den unverhohlenen Ambitionen der Anfängerin, die diese Geschichten, die Eva Bonné nun erstmals ins Deutsche übersetzt hat, so unwiderstehlich macht.

Felicitas von Lovenberg

EDITORISCHE NOTIZ

Die Erzählungen von Zelda Fitzgerald erschienen, ebenso wie die ihres Mannes, in Zeitungen und Zeitschriften. Meistens wurde dabei F. Scott Fitzgerald als Autor angegeben, entweder allein oder mit Zelda zusammen (vgl. dazu das Nachwort).

OUR OWN MOVIE QUEEN: Erstmals veröffentlicht am 7. Juni 1925 in der *Chicago Sunday Tribune* unter dem alleinigen Namen von F. Scott Fitzgerald. Dieser notierte jedoch in seinem Haushaltsbuch: «Zwei Drittel von Zelda. Von mir nur Höhepunkt und Überarbeitung.»

THE ORIGINAL FOLLIES GIRL: Erstmals erschienen im Juli 1929 in *College Humor* unter den Namen von F. Scott und Zelda Fitzgerald.

SOUTHERN GIRL: Erstmals erschienen im Juli 1929 in *College Humor* unter den Namen von F. Scott und Zelda Fitzgerald.

THE GIRL THE PRINCE LIKED: Erstmals erschienen im Februar 1930 in *College Humor* unter den Namen von F. Scott und Zelda Fitzgerald.

THE GIRL WITH TALENT: Erstmals erschienen im April 1930 in *College Humor* unter den Namen von F. Scott und Zelda Fitzgerald.

A MILLIONAIRE'S GIRL: Erstmals erschienen im Mai 1930 in der *Saturday Evening Post* unter dem alleinigen Namen von F. Scott Fitzgerald.

POOR WORKING GIRL: Erstmals erschienen im Januar 1931 in *College Humor* unter den Namen von F. Scott und Zelda Fitzgerald.

MISS ELLA: Erstmals veröffentlicht im Dezember 1931 im *Scribner's Magazine*.

THE CONTINENTAL ANGLE: Erstmals veröffentlicht im Juni 1932 im *New Yorker*.

A COUPLE OF NUTS: Erstmals erschienen im August 1932 im *Scribner's Magazine*.

OTHER NAMES FOR ROSES: Zu Lebzeiten Zelda Fitzgeralds nicht veröffentlicht. Das undatierte Typoskript fand sich im Nachlass und wurde erstmals 1991 gedruckt.

INHALT

Der moderne Klassiker
jetzt endlich bei Penguin

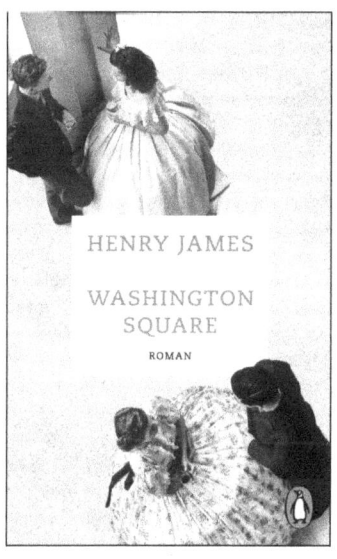

Catherine Sloper ist ein schüchternes, in jeder Hinsicht blasses Mädchen – und eine der besten Partien New Yorks. Als ihr der attraktive Abenteurer Morris Townsend den Hof macht, geht sie bereitwillig auf sein Werben ein. Doch Catherines Vater vermutet in Townsend einen Mitgiftjäger und will eine Heirat um jeden Preis verhindern. Liebt er sie, oder liebt er sie nicht? Selten waren Herzensangelegenheiten undurchsichtiger als in diesem Roman, einem von James' bekanntesten und beliebtesten Werken, das seine Meisterschaft in der Analyse menschlicher Abgründe offenbart.

Das Meisterwerk eines der wichtigsten amerikanischen Autoren des 20. Jahrhunderts

1955, in einer Vorstadt nahe New York: Hinter dem gepflegten Vorgarten tobt ein Ehekrieg. Frank und April Wheeler, einst ein junges, hoffnungsfrohes und vielversprechendes Paar, drohen unter dem Druck der allgemeinen Erwartungen an eine glückliche Ehe und ein erfolgreiches Berufsleben zugrunde zu gehen. Harmlose Äußerungen entzünden sich zu Hasstiraden und steigern sich zu bedrohlicher Wortlosigkeit.

Richard Yates' Debütroman machte ihn in den USA schlagartig bekannt und sorgte auch in Deutschland dafür, dass Jahre nach dem Tod des Autors das Yates-Fieber ausbrach.

»Eine farbige Zeit- und Weltenreise!«
Der Spiegel

Zu Beginn der 30er-Jahre wird das einfache Fischer-
mädchen Chiyo in die alte Kaiserstadt Kyoto gebracht.
Nach einer qualvollen Ausbildung steigt sie zu einer der
begehrtesten Geishas in ganz Japan auf. Doch ihr Traum
vom privaten Glück erfüllt sich erst nach dem Untergang
der alten Geisha-Kultur.

Arthur Golden hat mit seinem Roman »Die Geisha« einen
Klassiker geschrieben – ein faszinierendes Asien-Epos.

Jetzt reinlesen auf www.penguin-verlag.de

Jane Austens
berühmtester Roman

Nicht weniger als fünf Töchter haben die Bennets
standesgemäß unter die Haube zu bringen. Kein
leichtes Unterfangen für eine Familie auf dem Lande,
die nur über ein bescheidenes Vermögen verfügt.
Ausgerechnet die intelligente Elizabeth, das Lieblings-
kind des Vaters, erweist sich als besonders schwieriger
Fall. Zum allgemeinen Unverständnis hat Elizabeth
die Stirn, den Antrag eines wohlsituierten Pfarrers
auszuschlagen. Statt dem Drängen der Familie nachzu-
geben, folgt sie hartnäckig ihrem eigenen Urteil …

PENGUIN VERLAG